First love

JAMES PATTERSON
ET EMILY RAYMOND

First love

Traduit de l'anglais (États-Unis)
par Brigitte Hébert

hachette
ROMANS

Photos de couverture : © Susanne Böhme
unter Verwendung von Fotos von Sasha
Illingworth und Gallery Stock
(Kettenkarussell und Seitenspiegel)

Traduit de l'anglais (États-Unis) par Brigitte Hébert

L'édition originale de cet ouvrage a paru en langue anglaise
chez Little, Brown and Company, a division of Hachette Book Group, Inc.,
sous le titre :

First Love

Hachette Livre, 58 rue Jean Bleuzen, 92170 Vanves.

Pour Jane

À l'automne 2010, j'ai soumis une ébauche de First Love *à mon éditeur,*

mais en fait, l'histoire avait commencé depuis longtemps.

J'ai été amoureux d'une femme, Jane Blanchard.

Un matin, alors que nous nous promenions dans New York,

elle fut prise d'un violent malaise. Les médecins diagnostiquèrent un cancer,

qui l'emporta en deux ans. Jane mourut, bien trop jeune.

Ma Janie, ton sourire me manque.

J'espère le faire revivre à travers cette histoire d'amour

qui me rappelle la nôtre (sans que je me souvienne d'avoir volé des voitures).

J. P.

« Entrée à l'angle »

Prologue

« Tu veux… vraiment me faire pleurer ? »

1

J'AVOUE, JE NE ME MONTRE PAS SOUS MON meilleur jour, mais autant le dire tout de suite, je suis une fille sérieuse, le genre bonne élève. Alors forcément, ce jour-là, sécher les deux derniers cours (physique et anglais) m'avait mis les nerfs en pelote. Je me sentais ridicule et j'avais l'impression que ma folle idée ne rimerait à rien.

Quand j'y repense aujourd'hui, je n'en reviens pas d'avoir failli louper l'expérience la plus fantastique, la plus drôle, la plus douloureuse et la plus formatrice de toute ma vie.

Ce que j'étais stupide.

J'attendais dans le café Chez Ernie, surexcitée, l'estomac valsant comme une chaloupe en pleine mer. Je martelais le comptoir de la pointe de mes bottes, jusqu'à ce qu'Ernie – ce vieux croûton rouspéteur – me demande d'arrêter. Mais Ernie étant sourd comme un pot (il a laissé ses oreilles dans les concerts de rock), j'ai continué d'agiter les pieds.

J'étais contente qu'il ne pose aucune question, qu'il ne demande pas pourquoi je me trouvais dans son bar à cette heure-ci, à boire un litre de café (dont j'avais sacrément besoin) au lieu d'écouter M. Fox bavasser sur l'espace-temps. Je lui aurais répondu quoi, au juste ?

Voilà, Ernie – pardon, monsieur Holman –, j'attends un garçon avec qui je ne sortirai jamais. Je vais lui demander un truc dingue, qui va nous sauver ou nous anéantir.

Les angoisses d'ados, Ernie s'en contrefiche, ce qui explique pourquoi personne de mon entourage ne met les pieds dans son café. Sans parler des bonbons couverts de poussière et des barres de Mars qui pourraient servir de pieds-de-biche, tellement elles sont dures.

Mais ça m'était égal. Et le garçon dont je parle s'en moquait aussi. Chez Ernie, on était chez nous.

Ce garçon m'avait fait passer un message plus tôt dans la journée : il avait réussi à le glisser dans mon casier, alors qu'il ne fréquentait plus l'école et que des surveillants étaient postés à l'entrée – de vrais Marines, costauds et baraqués, pour nous protéger d'on ne sait quoi : une manif contre l'ennui mortel de cette ville, peut-être ?

Il s'appelle Robinson. Un jour, je l'ai traité de voyou, histoire de rigoler : il n'a jamais oublié. Il a presque dix-sept ans. C'est mon meilleur ami. Mon complice dans les mauvais coups.

Derrière moi, j'ai entendu la porte s'ouvrir. Rien qu'en regardant Ernie, j'ai compris que c'était celui que j'attendais, à la façon dont son visage s'illuminait, comme si on lui apportait un cadeau. L'effet Robinson : quand il entre dans une pièce, les lumières brillent plus fort.

Robinson s'est approché de moi, a posé la main sur mon épaule.

Axi,

T'as une big news ? Énorme ?

Je suis choqué que tu puisses penser

que je serais surpris

ou, plutôt, surpris que tu penses

que je serais choqué.

Bref. Un truc comme ça.

L'intello, c'est toi.

Maintenant, faut que je sache.

Rdv chez Ernie à 13 h 15.

Ouais, tu vas sécher.

Aucune excuse.

Ton « voyou » préféré.

— Axi, tu t'empoisonnes ! Ne bois jamais de café chez Ernie sans un donut ! Ce truc va te percer l'estomac, a-t-il chuchoté pour finir.

Il s'est approché de son allure dégingandée et a enfourché un tabouret. Nous étions presque en juin, il faisait vingt-cinq degrés dehors, mais Robinson portait une chemise à manches longues et son habituel Levi's délavé.

— Hello, Ernie. T'es au courant ? Paraît que les Timbers ont viré leur entraîneur. Tu nous sers un donut au chocolat ?

— Le foot… a ronchonné Ernie. Ce qu'il nous faut dans l'Oregon, c'est une équipe de base-ball. Des pros. Du vrai sport.

Ensuite, il a déposé la pâtisserie sur une assiette ébréchée.

— Cadeau ! a-t-il dit.

Robinson m'a regardée en souriant.

— J'adore ce type !

Un sentiment partagé, apparemment.

— Bon ? C'est quoi ton idée de ouf ? Tu t'inscris enfin pour passer le permis ? Tu te mets à la bière ? Tu arrêtes de faire tes devoirs ?

Il me taquinait souvent parce que j'étais trop sage. Robinson se prenait pour un mauvais garçon (mon père le pensait aussi) parce qu'il avait laissé tomber le lycée : « pas assez intéressant », « peuplé de décérébrés » – un mot que je lui ai appris, bien sûr. Il n'a peut-être pas tort sur ce point.

— Je vais me planter partout, sauf en anglais.

J'étais réaliste : décrocher mon bac était une perspective qui avait pris du plomb dans l'aile, parce que les épreuves approchaient et que je ne serais probablement pas présente pour les passer. Une semaine avant ce rendez-vous, je n'en aurais pas dormi de la nuit. Mais j'avais arrêté de me ronger les sangs : si mon plan fonctionnait, ma vie allait changer du tout au tout.

— Te connaissant, c'est impossible, a répondu Robinson. Ça fait quoi si t'as la tête dans les nuages ? Tu auras 15 au lieu de 18 ? Tu te lances dans ton grand roman ? Bravo !

— Tu sais, entre le lycée et s'occuper de mon vieux, je n'ai pas le temps d'écrire.

« Vente à emporter »

Cela faisait déjà quelques années que mon père avait touché le fond. Il essayait de sortir de l'alcool. Inutile de s'appesantir là-dessus, mais ça ne marchait pas très bien.

— On se concentre sur notre affaire ? ai-je dit à Robinson, en le tapant sur le bras.

— Dis-moi.

— Je me casse.

La mâchoire de Robinson est tombée d'un cran. J'en profite pour préciser que ses dents sont parfaitement alignées, naturellement, contrairement à celles de votre chère narratrice.

2

— Ernie ! T'as entendu ça ? a crié Robinson.

J'ai dû lui dire un jour qu'il savait prendre l'air estomaqué, je n'ai jamais oublié ce qualificatif à son propos.

Bien sûr, Ernie n'avait rien capté, pas même la question de mon ami. Robinson a repoussé l'assiette et m'a dévisagée comme s'il me voyait pour la première fois. C'était rare que je réussisse à le surprendre, alors je savourais ce moment.

— T'as lu le livre que je t'ai prêté, *Sur la route* ?

— Je l'ai commencé… a-t-il répondu, penaud.

Pffff, je passais ma vie à lui donner des livres et lui, de la musique, mais il oubliait de les lire et, de mon côté, mon iPod ne fonctionnait plus. Nos échanges ne rimaient pas à grand-chose, en résumé.

— Je t'explique. Sal, qui est en fait Jack Kerouac, l'auteur, voyage avec ses amis, il rencontre un tas de gens bizarres, il danse dans les boîtes de nuit, escalade les montagnes, parie dans des courses de chevaux. On va faire pareil : on se barre de ce trou et on part sur les routes. De l'Oregon à New York, avec des étapes, bien sûr.

Les yeux de Robinson papillonnèrent. *T'es qui, toi ?* disaient ses battements de paupières.

Bien droite sur mon tabouret, je lui ai expliqué :

— On commencera par les séquoias, parce que c'est mythique. Après, San Francisco et Los Angeles. Ensuite, direction le Colorado, pour le parc national des dunes de sable. Detroit, la ville de l'automobile, rien que pour toi, parce que c'est ton truc. Comme t'es un accro de la vitesse, on passera au Millenium de Cedar Point, pour les montagnes russes. Deux cents à l'heure, ça va décoiffer ! Coney Island. Le Met pour le temple d'Isis. Tout ce que tu veux, on le verra, on le fera !

Comme j'avais l'air timbrée (je le sais), j'ai sorti une carte pour lui montrer l'itinéraire.

— Voici notre route. Cette ligne violette : c'est nous.

— Nous…

Pas de doute, ma proposition mettait du temps à atteindre son cerveau.

— Oui. Nous. Tu viens. Je n'y arriverai pas sans toi.

C'était vrai. Bien plus qu'il ne l'imaginait. Ou que moi je ne l'imaginais.

Robinson s'est esclaffé, si fort que j'ai eu peur que ce soit sa façon de me dire : « Jamais de la vie, t'as pété un câble, t'es un clone d'Axi ! »

— Si tu ne viens pas, qui me rappellera de prendre un donut avec mon café ?

Je ne voulais pas lui laisser le temps de me sortir des sarcasmes ou d'émettre des doutes.

— Tu sais bien que je n'ai aucun sens de l'orientation. Et si je me perds à Los Angeles ? Si l'Église de scientologie me met le grappin dessus ? Si je perds la boule et que je vois des Martiens ? Si je suis trop bourrée à Las Vegas et que j'épouse un inconnu ? Qui me fera de l'œil quand je réciterai Shakespeare ? Qui me protégera ? Tu ne peux pas laisser une fille de seize ans traverser seule les États-Unis. Ça serait totalement irresponsable.

C'est là que Robinson, toujours plié de rire, m'a pris la main :

— Je suis peut-être un voyou, mais je ne suis pas irresponsable.

Enfin, une parole intelligible.

— Ça veut dire oui ?

Je retenais ma respiration. Robinson a regardé le plafond. Il me torturait à petit feu et le savait parfaitement. Il a attrapé le donut et a mordu tranquillement dedans.

— Ben…

— Ben, quoi ?

Je tambourinais à grands coups de pied dans le comptoir.

Il a passé la main dans ses cheveux foncés, toujours hirsutes, même quand il vient de se les faire couper. Ensuite, il s'est tourné vers moi et m'a regardée d'un œil narquois.

— D'accord !

Première partie

« Relais routier – Restaurant »

1

Il était exactement 4 h 30 du matin quand je me suis réveillée et que j'ai tiré mon sac à dos de sous mon lit. J'avais passé toutes les nuits précédentes à le préparer, le défaire, le refaire, pour être certaine de n'emporter que le strict nécessaire : du rechange, du savon de Marseille (bon pour les cheveux, le corps et le reste), un couteau suisse (piqué dans le tiroir de mon père), un appareil photo et, bien sûr, mon journal, que j'emporte partout.

J'oubliais : mille cinq cents dollars en liquide gagnés au cours des cinq dernières années, grâce à ma réputation d'excellente baby-sitter et à mes tarifs de grande professionnelle.

Peut-être qu'une partie de moi-même avait toujours su que je partirais. Sinon, pourquoi ne pas avoir flambé l'argent dans un iPad ou une robe de bal super chic, comme toutes les filles de ma classe ? Cette carte des États-Unis était accrochée depuis des années dans ma chambre et j'avais toujours lorgné dessus en me demandant à quoi ressemblaient le Colorado, l'Utah, le Michigan ou le Tennessee.

Je n'en reviens pas qu'il m'ait fallu tant de temps pour avoir le courage de partir. Après tout, j'avais bien vu ma mère le faire. Six mois après la mort de Carole Ann, ma petite sœur, maman avait séché ses larmes et s'était envolée.

Elle vit dans l'Est à présent, où elle a grandi. Pour autant que je sache, elle n'a plus regardé en arrière.

Peut-être que la bougeotte, c'est génétique. Maman est partie pour échapper à son chagrin. Papa fuit en se réfugiant dans l'alcool.

À mon tour. Je sens que j'y ai droit. Enfin. J'arrive presque à pardonner à maman.

Je me suis habillée, j'ai chaussé mes baskets (en disant au revoir à mes bottes préférées), ajusté mon sac à dos en serrant bien les sangles. Cet appartement, la ville, ma vie allaient me manquer autant qu'à une détenue qui sortirait de taule. Autrement dit : pas le moins du monde !

Mon père dormait encore sur l'affreux canapé du salon. Avant, le motif à fleurs était joliment rose, maintenant, les dessins sont maronnasses, comme si le tissu se fanait, trop négligé dans notre appartement. Je suis passée près de lui sans m'arrêter et j'ai ouvert la porte.

J'entendais juste un léger ronflement, mon père ne remua pas un cil. Au cours des dernières années, il s'était habitué aux départs. Est-ce que ce serait grave qu'un autre membre de la famille Moore disparaisse de sa vie ?

Dehors, j'ai fait une pause. Je pensais à mon père qui se réveillerait, irait dans la cuisine en titubant pour se faire un café. Il remarquerait comme je l'avais laissée propre et m'en serait vraiment reconnaissant. Peut-être qu'il déciderait alors de rentrer plus tôt de son travail, ce soir, pour nous préparer un dîner familial (enfin, à ce qu'il reste de notre famille). Ensuite, il m'attendrait, assis à table, comme je l'ai attendu tellement de soirs, jusqu'à ce que le repas soit froid.

Alors seulement, il se rendrait compte que j'étais partie.

Une douleur sourde m'a oppressée. J'ai fait demi-tour pour revenir sur mes pas.

Papa dormait sur le dos, la bouche ouverte, ses chaussures aux pieds. J'ai posé doucement la main sur son épaule.

Ce n'est pas un mauvais père, après tout. Il paye le loyer et les courses, même si c'est moi qui les fais, la plupart du temps. Quand on discute, ce qui n'arrive pas souvent, il m'interroge sur l'école et les amis. Je réponds toujours que tout est génial, parce que je l'aime suffisamment pour lui mentir. Il fait de son mieux, même si ce mieux n'est pas super.

J'avais vainement tenté d'écrire des dizaines de lettres d'adieu. Une version pleurnicheuse : *S'il te plaît, papa, comprends-moi. Je devais le faire*. Flatteuse : *Ce sont ton amour, ton souci de bien faire pour moi qui me donnent la force d'entreprendre ce voyage*. Littéraire : *Comme l'a écrit le grand poète irlandais, George Bernard Shaw, « Vivre, ce n'est pas se trouver, c'est se créer », alors je pars pour me créer, papa*. Cruelle : *T'inquiète pas pour moi, je m'assume. Après tout, c'est bien ce que je fais depuis que maman est partie.* Finalement, aucune ne m'a semblé juste, je les ai toutes jetées.

En me penchant un peu plus sur lui, j'ai senti les relents de bière, de sueur et d'après-rasage trop poivré.

« Papa… »

Au fond de moi, je souhaitais qu'il se réveille et m'empêche de partir. Une faible et infime partie de mon être qui voulait redevenir petite fille, entourée d'une famille qui ne soit ni malade ni brisée. Mais ça n'arriverait plus, n'est-ce pas ?

J'ai embrassé mon père sur la joue et je suis partie pour de bon.

2

Robinson m'attendait dans l'arrière-salle d'un restaurant ouvert toute la nuit, sur Klamath Avenue, près de la gare routière. Par terre, un sac à dos. On aurait dit qu'il l'avait acheté à un vagabond en échange d'une pièce et d'un sandwich. Mon ami ressemblait à un chien de garde ne dormant que d'un œil. Il m'a regardée approcher à travers la vapeur qui montait de son café.

— J'ai commandé de la tarte.

La serveuse est arrivée à point nommé pour servir une assiette poisseuse contenant une part de tarte aux myrtilles.

— Vous êtes des lève-tôt ! nous a-t-elle lancé.

Il faisait encore nuit. Même les oiseaux dormaient encore.

— Nous sommes des vampires, a répondu Robinson. Un dernier en-cas avant d'aller se coucher.

Il a louché sur le badge de la serveuse et lui a adressé un sourire radieux.

— Ne le répétez pas, Tiffany, je ne veux pas qu'on me plante un pieu dans le cœur. Je n'ai que cinq cents ans, je suis encore trop jeune et trop charmeur pour mourir !

Elle a éclaté de rire.

— Dites, votre petit copain, il drague fort !

— On ne sort pas ensemble, me suis-je empressée de préciser.

La réponse de Robinson ne s'est pas fait attendre :

— Elle me l'a demandé, mais j'ai dit non.

— Menteur ! C'est l'inverse !

Et je lui ai flanqué un coup de pied sous la table.

— Vous êtes deux sacrés numéros, a conclu Tiffany.

Elle n'était pas beaucoup plus âgée que nous, mais elle hochait la tête comme une mère avec ses garnements.

— Faites donc votre petit numéro sur la route.

— Vous ne croyez pas si bien dire, Tiffany, a répondu Robinson, en mordant dans la tarte.

Il a poussé l'assiette vers moi, mais j'ai refusé : je ne pouvais rien avaler. J'avais tenu avec les nerfs, mais maintenant, j'étais sur le point d'exploser. Avais-je déjà réalisé un truc aussi fou, aussi énorme ? Je n'avais jamais osé ne serait-ce que rentrer en retard à la maison.

— Dépêche avec ta tarte. Le car pour Eureka part dans quarante minutes.

— Pardon ?

— Allô ! Le caaaar ! Tu sais, le grand machin qui va nous transporter. Alors, grouille.

Robinson a explosé de rire, je me suis demandé si je n'allais pas lui flanquer un deuxième coup de pied. Inutile d'être un génie pour comprendre qu'il se moquait de moi.

— Qu'est-ce que j'ai dit de drôle ?

— Axi, Axi, Axi ! C'est le voyage de notre vie. On ne va pas y aller en car !

— Hé ! Qui gère, ici ? Qu'est-ce qu'il y a de mal à prendre l'autocar ?

— Tout est nul avec le car. Je t'explique pour que tu arrêtes de me regarder avec tes grands yeux bleus. C'est *notre* voyage, Axi, je ne veux pas le passer à côté d'un type qui sort de prison ou d'une vieille qui va me montrer les photos de ses petits-enfants.

Il a marqué une pause et m'a pointée de sa fourchette.

— En plus, l'autocar est un gigantesque bouillon de culture plein de méchantes bactéries et ça prend bien trop de temps pour se déplacer… Voilà ! C'étaient mes deux derniers jokers !

— OK, Robinson, mais j'ai vérifié avant de venir, mon jet privé n'était plus garé dans la rue.

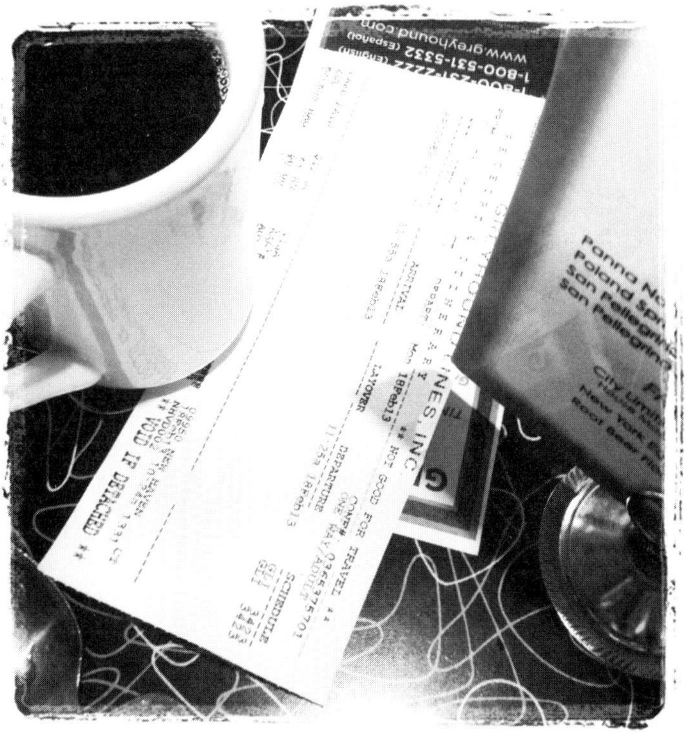

— Qui a dit qu'on irait en avion ? On va prendre une voiture, idiote.

Il s'est vautré dans son siège, a croisé les mains derrière la tête, nonchalant, détendu.

— Je dis bien : prendre une voiture, a-t-il précisé.

3

— Qu'est-ce que tu fous ?

J'ai râlé parce que Robinson m'emmenait vers une rue adjacente. Avec ses jambes deux fois plus longues que les miennes, j'étais obligée de courir pour rester à sa hauteur.

Arrivés au croisement, j'ai attrapé son bras pour l'obliger à se tourner vers moi. Les yeux dans les yeux. Le voyou face à la revêche.

— Nan, mais t'es sérieux ? Dis-moi que c'est pas sérieux.

— Tu t'es occupée de l'itinéraire, laisse-moi trouver la voiture, a t-il répondu avec un grand sourire.

— Robinson…

Il a dégagé son bras et l'a mis sur mes épaules, genre grand frère condescendant.

— Relax, BG, tu vas prendre ta première leçon de sélection.

— Ma leçon de quoi ? Et ne m'appelle plus jamais comme ça.

BG, c'est pour « belle gosse ». Il me rend folle quand il le dit.

— Tu vois, celle-ci, c'est une Jaguar. Un bijou. Mais c'est un modèle XJ6. Ces petites bêtes-là ont des problèmes de filtres à huile. Tu ne voudrais pas que le filtre de ta voiture volée ait une fuite, n'est-ce pas, Axi ? Parce qu'il pourrait prendre feu et toi, tu mourrais brûlée dans les flammes ou tu te retrouverais derrière les barreaux pour vol aggravé.

Il m'a conduite un peu plus loin devant un monospace vert.

— Une Dodge. Spacieuse, fiable. Sauf que toi et moi, on est des aventuriers, pas des mères de famille nombreuse.

C'est là que j'ai décidé de jouer le jeu.

— OK. Et sur celle-ci, tu dis quoi ?

Après un bref coup d'œil à la voiture que je pointais du doigt, il a pris un air pensif.

— Une Toyota Matrix. Bon choix. Mais j'en cherche une qui ait davantage de style.

Le soleil commençait à poindre à l'horizon, les oiseaux étaient réveillés, ils chantaient dans les arbres qui bordaient les rues. Nous marchions toujours, mais je sentais des signes d'animation dans les maisons. Qu'est-ce qui allait se passer, si un gars, sortant de chez lui ramasser son journal, nous apercevait en train de reluquer les voitures du quartier ?

— Viens, Robinson. On y va.

J'avais encore l'espoir d'attraper le car. Il nous restait dix minutes.

— J'aimerais juste trouver la caisse parfaite, a-t-il répondu.

Un éclair a fusé face à nous. C'était blanc et rapide, ça se dirigeait vers nous. J'ai sursauté et me suis collée à Robinson.

Il a ri et m'a serrée contre lui.

— Du calme, Axi ! C'est juste un chien !

— C'est ce que je constate... maintenant.

Le pire, c'est que ce n'était même pas un molosse, mais une petite crotte de rien du tout, à la fourrure hirsute. Sans collier, ni plaque. La main tendue, je me suis avancée vers lui, le chien a tressailli, a tourné en rond puis s'est dirigé vers Robinson (bien sûr) pour lui lécher la main. Ce fichu cabot s'est allongé à ses pieds et Robinson l'a caressé.

— Robinson ! Autocar ou voiture volée, c'est l'heure.

Il n'a pas réagi. Ses longues mains tiraillaient gentiment les oreilles du chien, qui s'est blotti contre lui. Ensuite, Robinson lui a gratouillé le ventre. La langue pendante, le chien agitait ses pattes de plaisir, en extase.

— Oui, t'es un bon chien ! Tu es tout seul ?

Ce chien ne parlait pas, mais la réponse paraissait évidente : tout maigrichon, avec les poils couverts de boue, une plaque de pelade sur le dos, il n'appartenait à personne.

— J'aimerais bien t'emmener avec nous, mon toutou, mais on part trop loin. Tu ne pourrais pas suivre.

Le chien regardait Robinson, prêt à le talonner jusqu'au bout du monde, du moment que les caresses ne s'arrêtaient pas. Mais quand on laisse sa vie derrière soi et qu'on embarque le strict nécessaire, un chien errant, ça rentre dans la catégorie des inutiles.

— Allez, Axi, fais-lui une papouille !

Moi aussi, je me suis penchée sur le chien et je l'ai papouillé comme Robinson. J'ai senti les battements de son cœur sous la fourrure, sa folle envie de se trouver un foyer et un maître pour s'occuper de lui.

Pauvre petite chose, j'ai pensé. Finalement, je le comprenais, ce chien. Il n'avait personne et se trouvait scotché ici.

Mais pas nous. Plus maintenant.

— Désolée, le chien. Nous, on s'en va. Maintenant.

C'est complètement dingue, mais cet au revoir m'a presque autant secouée que celui que j'avais murmuré à l'oreille de mon père.

4

On a laissé quelques tranches de viande séchée au chien (prélevées sur les provisions de Robinson) et repris notre chemin. À l'angle d'une rue, Robinson est tombé en extase et a lancé :

— Ça y est !

Il m'a prise par la main pour que j'accélère le pas.

— Quoi ? Ça y est quoi ?

Évidemment, pas de réponse.

Je me disais que, lui et moi, on ne tarderait pas à avoir une sérieuse conversation, parce qu'un compagnon de voyage qui me répond une fois sur trois, non merci, très peu pour moi. Dans ces conditions, il n'avait qu'à rester à Klamath Falls avec mes stupides congénères et mon alcoolique de père.

— La voici, ta réponse, me dit-il avec un énorme soupir, à croire qu'il venait de tomber raide dingue amoureux.

Il s'est tourné vers moi et m'a fait une grande révérence, la main jusqu'à terre, comme un majordome de première classe (le genre inconnu à K Falls, je vous rassure).

— Alexandra, gente dame, votre carrosse est avancé !

En prime, grand sourire de Robinson, parce que je déteste qu'il m'appelle par mon prénom.

Le carrosse en question, c'était une moto : une énorme Harley-Davidson, avec des jantes blanches, du chrome rutilant, deux sacoches noires à boucles argentées, des franges sur les poignées et des sièges bien rembourrés. L'engin brillait comme s'il sortait du magasin.

Robinson murmurait dans un langage inconnu composé de « modèle Twin-Cam 96 bicylindre en V » et de « boîte de six vitesses, nouveau système électronique d'admission », et encore d'autres mots que je n'ai pas captés.

Cette moto était superbe, même moi je m'en rendais compte, pourtant, à l'époque, je distinguais à peine une vieille pétrolette d'une Ducati.

— T'as raison, fantastique… Mais c'est vraiment l'heure, Robinson. On doit y aller.

C'est là que je me suis rendu compte qu'il avait un tournevis à la main, sorti de sa poche.

— T'es fou ?

Bien sûr, aucune réponse. Il trafiquait les fils pour lancer la Harley. Bon Dieu…

Pas possible, un truc pareil ne peut pas arriver, je me disais, fermant les yeux. Il ne la fera pas démarrer, notre grande aventure ne commencera pas par un vol de moto…

J'avais tout programmé, mais pas ça.

Le rugissement du moteur a déchiré le silence du petit matin. J'ai rouvert les paupières pour constater que les pieds de Robinson se trouvaient de chaque côté de la Harley.

J'aurais dû hurler qu'on n'avait pas le droit, mais mon cerveau bloquait. J'étais tétanisée. J'ai juste pensé : *Il a pris ses bottes… Zut, j'aurais dû emporter les miennes !*

— Axi ! Monte !

Je me sentais oppressée, les pieds figés dans le goudron. La crise cardiaque assurée, ici, sur Cedar Street, entre un pick-up et une Volvo avec un autocollant affichant : *Si tu lis ça, t'es trop près*. Au secours !

Robinson est descendu de moto pour me tirer de ma torpeur et l'instant d'après, j'étais installée derrière lui, sur cette machine pétaradante.

— Serre-moi fort ! a-t-il hurlé.

Je n'ai pas hésité une seconde.

— C'est parti !

On a littéralement décollé. Mon père se réveillerait probablement en se demandant s'il venait d'entendre le grondement de tonnerre d'un orage matinal.

On a laissé derrière nous le centre commercial, le terrain de foot de l'école, la taverne où mon père échouait chaque soir devant ses Budweiser, et le restaurant mexicain où les burritos sont farcis de parmesan.

Klamath Falls. Le genre d'endroit qu'il vaut mieux avoir dans le rétroviseur.

Avec le défilé des images, le vent dans mes cheveux et sur mon visage, mon souci de réveiller cette ville qui colle aux doigts s'est soudain envolé.

J'avais envie de crier : *Suivez mon panache blanc !*

Robinson a poussé un long cri de joie.

On était libres.

5

Rien à voir avec le scooter que j'avais enfourché une fois. En fait, cela ne ressemblait à aucune autre expérience de ma vie. Nous n'étions même pas encore sur l'autoroute que, déjà, j'avais l'impression de m'envoler.

Perdues dans le boucan, quelques bribes d'une vieille ballade chantonnée par Robinson me parvenaient : *« … ride on my motor-cyyyc-cle !… »* Je reconnus les paroles d'Arlo Guthrie, une chanson que mon père me fredonnait quand j'étais petite.

*« And I don't want to diiiiie, Just want to ride on my motor**… » Je reprenais le refrain avec lui de ma voix de casserole.

Nous avions quitté la zone urbaine, à présent, les derniers centres commerciaux étaient loin derrière. Robinson sifflotait (essayez de chanter à tue-tête sur une Harley pendant des kilomètres et vous comprendrez) l'air de rien, comme si fuir sur une moto volée, c'était de la rigolade.

Mon Dieu, qu'étions-nous en train de faire ? Nous aurions dû être à bord d'un autocar, au lieu de ça, nous

* « Je ne veux pas mourir, j'veux juste rouler sur ma moto… »

chevauchions une moto dont le prix représentait plus de deux ans du salaire de mon père. Fausser compagnie, c'était une chose, mais voler… J'eus soudain plusieurs visions : le visage de mon père, déçu, payant ma caution de remise en liberté, ou la une du *Herald and News*, le canard local, titrant « Une fille de bonne famille à la dérive », le tout illustré d'une photo peu flatteuse prise par la police, me montrant avec des yeux bleu délavé et le teint cadavérique.

Près du Country Club, où ma mère allait siroter des gin-fizz avec ses copines de poker, je me suis fait violence pour éviter d'imaginer qu'un policier puisse surgir au détour d'un virage. J'ai flippé comme une malade, lorsqu'un motard nous a croisés : arrivé à notre hauteur, il a abaissé son bras vers la route en pointant deux doigts, geste que Robinson a imité.

— Robinson, ne lâche pas le guidon ! Jamais !

— Mais ! Entre Harley, ça se fait !

— Ah bon ?

— Oui ! Ça serait mal vu de ne pas faire pareil.

C'est bien gentil les bonnes manières, mais une fois que vous vous retrouvez les fesses dans le fossé, elles ne servent plus à rien. Bien sûr, je ne l'ai pas dit à Robinson. Je dois reconnaître qu'il était très à l'aise dans la conduite de cette moto. Ce n'était donc pas sa première fois ? Je ne savais même pas s'il fallait un permis de conduire particulier. Tout comme j'ignorais sa dextérité avec les fils d'un démarreur. Moi, même avec une clé de contact, j'aurais mis des heures. Oui, vraiment, lui et moi, on avait à causer.

Robinson m'a crié quelque chose, mais le bruit du moteur mangeait ses mots. Je crois que c'était : « T'es prête ? » Je ne comprenais absolument pas ce qu'il voulait me dire, et quoi que cela puisse être, je n'étais sans doute pas prête. J'ai vu alors un panneau de limitation de vitesse, Robinson a appuyé sur le champignon.

Cela semble évident, mais sur une moto, il n'y a rien entre vous et votre environnement (entre vous et le bitume, surtout). Le vent vous fouette la figure. Le soleil vous éblouit comme un projecteur. Pas de pare-brise. Pas de ceinture de sécurité.

Maintenant l'aiguille du compteur frôlait les cent kilomètres heure et je la voyais continuer de monter. J'ai serré encore plus fort mes bras autour de Robinson.

« Vitesse limite 55 mp (90 km/h) »

— Tu fais quoi ? ai-je hurlé.

Cent trente au compteur. Le sifflement du vent emporta mon cri. Cent cinquante kilomètres heure. Mes yeux pleuraient malgré les lunettes de soleil. Je m'agrippais désespérément à Robinson.

Cent soixante… J'étais embarquée sur une fusée qui filait droit vers la stratosphère.

L'adrénaline nous brûlait les veines comme du feu liquide. Nous en étions imbibés. Attention objets inflammables. La moto vibrait, gagnait encore de la vitesse, le vent était un gigantesque poing qui me cognait sans relâche.

Ma vie a défilé devant mes yeux. Ma si courte et triste vie.

Bon débarras !

La peur m'électrisait. C'était terrifiant, époustouflant. La crise cardiaque me pendait au nez.

Mais je chérissais chaque seconde de ce vertige palpitant.

Durant ces brefs instants, je me suis débarrassée de ma réputation de gentille fille provinciale comme d'un vieux T-shirt. Elle a été carbonisée dans les gaz d'échappement de la Harley. Nous étions des fugueurs. Des hors-la-loi. Robinson et moi. Moi et Robinson.

Et si nous devions mourir dans une collision, nous mourrions heureux, n'est-ce pas ?

6

Mais tel n'était pas notre destin. Par chance, ou seulement grâce aux talents de Robinson, nous sommes restés en vie. Il a conduit pendant des heures le long de routes sinueuses, moi accrochée derrière, moulée à son corps. Il aurait besoin de son tournevis pour détacher le coquillage géant, collé à son rocher, que j'étais devenue.

Vers midi, nous nous sommes arrêtés à Mount Shasta, en Californie. Une ville nichée au pied d'un immense volcan encore enneigé, réputé pour son énergie cosmique.

Oui, oui, vous avez bien lu.

Si l'on en croit la légende, ce lieu abrita les Lémuriens, une civilisation humaine qui aurait vécu dans les fosses souterraines de la montagne. De temps en temps, ces habitants de plus de deux mètres de haut apparaissaient à la surface, vêtus de robes blanches. En résumé, Mount Shasta n'a rien à voir avec Klamath Falls, qui remporte la palme d'or de l'ennui avec ses morts vivants poussiéreux.

Des ovnis auraient même atterri sur le volcan. Vous imaginez l'ambiance !

À la station-service, le pompiste portait une énorme améthyste autour du cou et son T-shirt avait un motif de chakra. Il a eu un grand sourire pour Robinson. Ce n’était pas le rayonnement d’une énergie cosmique, mais les ondes invisibles de la Harley.

Robinson a pris une belle pose hollywoodienne – une main sur la pompe à essence, l’autre à la ceinture – et m’a lancé :

— James Dean ! Dans *La Fureur de vivre*…

J’ai pris le temps de l’observer. Je ne lui avouerais jamais, mais c’est vrai qu’il avait un physique de vedette de cinéma. Genre pas épais, mais quelle tête… Les filles colleraient sa photo dans leur chambre, s’il se faisait tirer le portrait.

— James Dean est mort dans un accident. À cause de la vitesse, des fois que tu l’aurais oublié.

Mes jambes tremblaient encore tellement que j'arrivais à peine à tenir debout. Les vibrations du moteur m'avaient gagnée tout entière.

— Je n'ai fait qu'un seul excès de vitesse. Fallait que je voie ce qu'elle avait dans le ventre.

— Un sacré dépassement, oui.

J'ai essayé de jouer la sévère, mais j'avais trop adoré m'envoler. Mon Dieu ! Je m'étais déjà persuadée que rouler à cent soixante sur une Harley, c'était comme de voler en parapente ou sauter d'un avion : il fallait l'avoir expérimenté au moins une fois dans sa vie.

Robinson s'est éloigné pour aller payer l'essence. Il est revenu de la boutique avec deux cafés et un bâton de Slim Jim : imaginez que vous croquez un bout de tuyau d'arrosage qui aurait une saveur de saucisson, et vous aurez une idée. Depuis que je connaissais Robinson, il avait toujours des goûts bizarres.

On a marché vers le centre-ville. Un homme-sandwich déambulait avec une pancarte arborant : *Et votre salut ?* Au lieu d'une image de Jésus ou des anges, on voyait une immense représentation d'un petit homme vert, un Martien levant la main en signe de paix. Robinson s'est arrêté pour lui parler. Évidemment.

Pendant ce temps-là, je suis entrée dans un magasin d'alimentation. À l'intérieur, ça sentait le patchouli et la levure. J'ai acheté des légumes pour notre dîner. En sortant, j'ai retrouvé Robinson en train de lire un tract que le type lui avait donné.

— On pourrait faire une retraite spirituelle ou aller à la rencontre de nos doyens-étoiles ?

— Jamais de la vie, voyou ! ai-je répondu en lui arrachant des mains le papier, que j'ai ensuite balancé à la poubelle. C'est sûrement palpitant, mais ça fait des mois que j'organise ce voyage. La communication avec nos étoiles n'est pas au programme.

— Voler une moto, non plus ! Pourtant, c'est une réussite, non ?

— J'avoue, c'était super. Mais ça ne peut pas continuer. D'abord, parce qu'on va se faire prendre, ensuite, parce que mes fesses n'en peuvent plus.

— Mais t'as aimé, reconnais-le ! a rigolé Robinson.

— Faux ! ai-je menti. La prochaine fois, c'est moi qui choisis la monture.

— Allez, Axi…

— Non. Je ne veux pas que notre voyage tourne à la catastrophe. La prison, très peu pour moi.

Robinson s'est arrêté devant une boutique de souvenirs, baptisée « Connectez votre esprit ». Il s'est penché sur l'étalage installé devant la vitrine et a choisi un petit pendentif de cristal. Il l'a agité devant moi.

— Par les pouvoirs cosmiques qui me sont conférés, je bannis le doute de ton esprit… Pour cinq dollars quatre-vingt-quinze. Une affaire !

Il est entré dans le magasin, puis en est ressorti avec une petite bourse de velours violet, qu'il m'a donnée.

— C'est de la magie, Axi. Je ne t'énerverai plus jamais.

Je n'ai pas pu m'empêcher de sourire.

— Impossible ! Merci quand même. C'est très joli.

— Axi, ce voyage est peut-être une erreur, mais c'est la meilleure d'entre toutes.

J'ai compris alors qu'il avait raison.

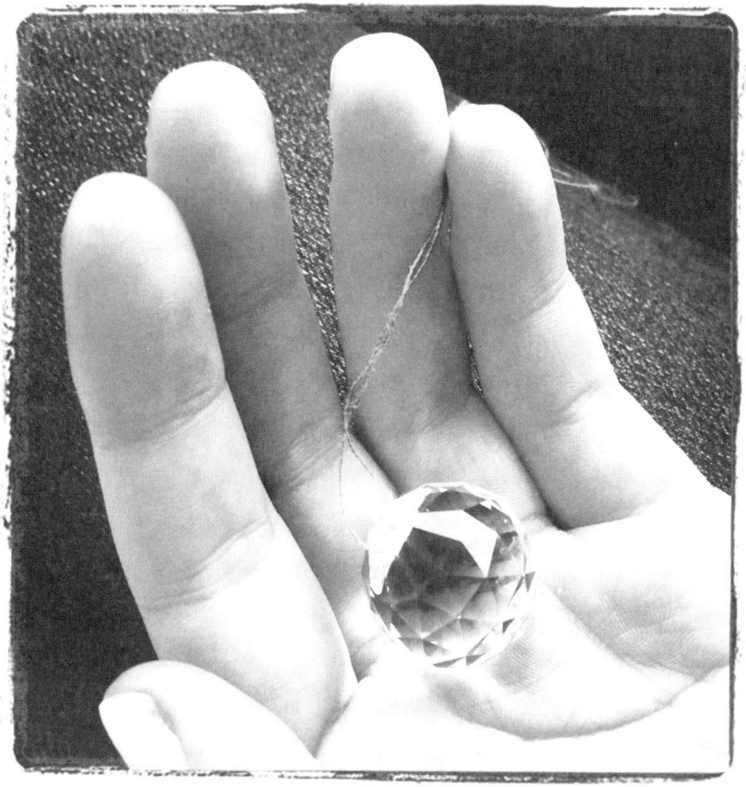

7

LORSQUE NOUS SOMMES ARRIVÉS AU CAMPING du parc national de Humboldt Redwoods, cela faisait sept heures que nous roulions. Robinson avait emprunté les routes secondaires, ce qui m'allait parfaitement. Ma crainte que la police soit en recherche active d'une Harley noire avec une plaque de l'Oregon n'avait pas complètement disparu, mais plus on s'éloignait de chez nous, moins j'y pensais.

Le soleil, déjà bas à l'horizon à l'approche du parc, disparaissait derrière les arbres quand nous avons mis pied à terre. Robinson émit un long sifflement à la vue des ombres qui nous enveloppaient.

Les ombres des séquoias, vieux comme le monde. Comment les décrire ? Ils nous dominaient dans la pénombre, vivants. Pas tels des arbres ordinaires, mais comme s'ils étaient dotés d'une âme. Pareils à des sages, des créatures anciennes qui regarderaient du coin de l'œil deux ados épuisés tituber à leurs pieds. La température était douce, l'air, humide, le silence, d'or. J'avais l'impression d'être entrée dans une église.

— Je comprends mieux les druides, maintenant, a chuchoté Robinson.

— Les druides vénéraient les chênes, pas les séquoias. D'ailleurs, il n'y en a pas en Irlande, lui ai-je répondu.

— Crâneuse !

— Quelle majestueuse tranquillité. Ils ne ressemblent en rien aux autres arbres que l'on connaît. Ce sont les ambassadeurs d'une autre époque.

Je parlais pompeusement, c'est vrai, mais je ne l'aurais pas écrit dans mon journal. Je voulais juste prononcer les mots que de vrais écrivains avaient écrits. Un petit emprunt oral, quoi !

— C'est de John Steinbeck, dans *Voyage avec Charley**.

— Ah. Un autre livre que tu m'as prêté…

— … et que tu n'as pas lu.

Avant, Robinson essayait de se sentir coupable pour les montagnes de livres que je lui passais et qu'il ne lisait jamais. Mais maintenant, il s'en fichait royalement.

— Je croyais que je devais lire *À l'est d'Eden*, en premier !

— Fais-moi signe quand tu auras ouvert la première page.

— Et toi, quand tu auras écouté le CD de Will Oldham.

— Tu sais bien que mon lecteur est cassé, alors que tes yeux voient très bien.

On a commencé à déballer nos affaires sur notre emplacement : une petite clairière entourée de séquoias, avec une table et des bancs pour pique-niquer, un brasero et un

---

* John Steinbeck, *Voyage avec Charley*, traduit par Monique Thiès, Phébus, 1995 (p. 180).

robinet. L'eau était glacée. J'ai sorti la tente de mon sac à dos, bien conçue et légère, suffisamment spacieuse pour abriter deux personnes et leurs sacs de couchage, et pliée comme un mouchoir de poche. Robinson m'observait, admiratif.

— Regarde bien comment elle se monte, parce que, demain, c'est ton tour.

— Je croyais que c'était le rôle des femmes de tenir la maison, pendant que les hommes partaient à la chasse, évidemment !

— Tu comptes tuer un élan avec ton tournevis ? Bonne chance !

— J'avais plutôt pensé à un écureuil.

Bon, cette conversation était ridicule parce que Robinson n'aurait jamais fait de mal à un animal. Même les moustiques, il ne les écrasait pas !

Ensuite, j'ai sorti les légumes, un gros morceau de gouda et des galettes de lavash, ce pain que j'adore mais qu'on ne trouve pas à Klamath Falls parce qu'il est trop exotique.

— Bien, bien, bien, s'est extasié Robinson en me regardant trancher les champignons et les poivrons. Tu t'en sortirais pas mal dans *Survivor*.

— Hé oh ! J'ai acheté tout ça. Je n'ai pas creusé la terre avec mes doigts. Va donc chercher du bois pour le feu.

— T'as oublié le charbon ?

Il a tout de même fini par aller en chercher dans le sous-bois.

On n'a pas tardé à avoir un beau feu de camp assez ardent pour rôtir les saucisses. J'ai glissé des tranches de gouda dans mes galettes de lavash pour qu'elles fondent près des flammes. Quand tout a été prêt, on s'est allongés contre un rondin couvert de mousse, incroyablement confortable. C'est vrai qu'on n'avait pas d'assiettes ni de couverts, et que les légumes étaient carbonisés par endroits, mais moi, j'ai trouvé que c'était un dîner formidable. Il avait le goût de la liberté.

Robinson m'a complimentée pour ma cuisine, mais moins d'une heure après avoir mangé, il fourrageait dans mon sac à la recherche de chips, parce qu'il était en overdose de vitamines, soutenait-il.

— Qu'est-ce que t'as d'autre ? Je sais que tu planques des Oreo et des Curly ! Des trucs terriblement sains pour mon corps d'athlète !

Je l'ai regardé vider mon sac à dos. Il a tout sorti : la carte routière, les deux ponchos de pluie, mon savon de Marseille, ma brosse à dents et mon journal.

— Si tu l'ouvres, t'es mort, l'ai-je averti.

Triomphant, il a dégoté une barre de chocolat.

— On fait moitié-moitié !

— Non ! Rationnement. Un quart chacun, Robinson.

— Toi alors ! Tu aimes planifier. Tout est toujours prévu. Mais tu crois vraiment que la côte Ouest est en pénurie de chocolat ?

Il m'a tendu un morceau riquiqui. Quand nos doigts se sont touchés, j'ai sursauté comme si j'avais reçu une décharge électrique. Ça nous a surpris tous les deux.

— Sois pas nerveuse, Axi. On n'a rien à craindre. Personne ne va venir nous déranger ici… Ni nous, ni la belle Harley, a-t-il ajouté en allant caresser amoureusement le guidon.

J'ai essayé de me calmer pendant que Robinson admirait son jouet, en aspirant profondément « un air plus suave, plus précieux, plus sain », comme disait ce vieux Walt Whitman. La nuit tombait, l'obscurité et le silence gagnaient en intensité. On aurait dit que nous étions seuls au monde.

Je m'étais toujours confiée à Robinson sur presque tout, mais là je n'arrivais pas à lui dire ceci : ce n'était pas la peur d'être découverte qui me rendait nerveuse. C'était autre chose.

Notre première nuit à deux.

8

À L'INTÉRIEUR DE LA TENTE, J'AI DÉROULÉ nos sacs de couchage. Pas une miette d'espace en trop. Nous allions être à un cheveu l'un de l'autre.

Il était resté dehors, à jeter des feuilles dans le feu pour les regarder s'enflammer puis se racornir.

— Axi, faut pas suspendre les sacs à cause des ours ?

— Y en a pas !

J'étais en train d'aérer mon duvet rose flashy. Une couleur immonde, mais je l'avais eu en promo.

— On ne trouve que des élans et des chouettes tachetées dans ce parc, paraît-il.

La tête de Robinson est apparue dans l'ouverture de la tente.

— Tu le sais pour de vrai ou tu le dis pour te sentir mieux ?

Il me regardait droit dans les yeux. C'est fou comme il me connaît, Robinson.

— Disons que j'en suis sûre à… soixante pour cent !

— OK, je suspends les sacs aux branches.

Il a ressorti sa tête et j'ai entendu le craquement de ses pas. Ça lui a pris beaucoup de temps. J'ignore si c'est parce qu'il n'avait jamais fait de camping ou parce qu'il cherchait encore du chocolat. Il avait ses petits secrets aussi.

Il a intégré la tente avec un sourire jusqu'aux oreilles. J'ai aperçu des traces de chocolat au coin de ses lèvres.

— C'est cosy, dis donc !

Il a enlevé ses bottes et s'est avancé à quatre pattes. Tout d'un coup, l'intérieur de notre tente est devenu très cosy ! Et moi, j'ai été horriblement gênée, avec mon corps trop grand, maladroit et surtout trop féminin. J'avais peur de puer l'huile de moteur ou la transpiration. J'ai remarqué que Robinson sentait bon le feu de camp, le savon et l'homme.

À l'école, Robinson aurait pu aligner les conquêtes. Même s'il avait laissé tomber ses études – ce qui aurait terni la réputation de n'importe qui d'autre –, les déléguées de classe et les pom-pom girls le demandaient encore pour être leur cavalier au bal de promo. Parfois, je les imaginais agrippées à son bras, pareilles à ces petits singes en plastique qu'on accroche aux bandoulières des sacs à main.

— Elles ne m'attirent pas, répétait-il souvent.

Un jour, j'ai eu assez de cran pour lui demander qui ou quoi l'attirait. Il a ri et haussé les épaules, comme il fait parfois.

— Toi, BG. C'est toi qui m'intéresses.

Et hop, affaire réglée pour lui.

Mais qu'avait-il voulu dire au juste ? Franchement, je n'avais pas l'air de l'intéresser sur ce plan-là. On s'était déjà tenus par la main, au cinéma, pendant *Paranormal Activity* ou *La Cabane dans les bois*. Un soir, même, alors que j'avais bu une pinte de bière presque entière, je l'avais embrassé, à la hâte, pour lui souhaiter bonne nuit.

Mais c'est tout, fin de l'histoire.

Maintenant, nous étions allongés côte à côte, les yeux rivés sur le sommet de la tente, à moins d'un mètre au-dessus de nous. J'ai écouté le vent dans la cime des arbres et la respiration de Robinson. Pour la première fois, j'ai songé à ce que notre voyage à deux impliquait en termes pratiques. Où allais-je me changer ? Pouvais-je dormir en sous-vêtements ? Qu'allait penser Robinson quand il me verrait au petit matin, le visage chiffonné de sommeil et les cheveux ébouriffés, exhalant une haleine de putois ?

À dire vrai, ce n'était pas ça le problème. Non, le vrai problème, le truc qui comptait, c'était qu'on allait dormir l'un à côté de l'autre. Seuls. Même pas avec un ours en peluche entre nous.

Robinson s'est étiré pour trouver une position confortable. Je suis certaine qu'il pensait à la même chose que moi, alors je me suis éclairci la gorge pour parler. Mais…

— Avant que tu ne dises quoi que ce soit, Axi, je t'explique, a dit Robinson.

Mon cœur s'est mis à battre la java du siècle.

— Voler, c'est pas bien, mais ce n'est pas forcément aussi mal que tu le crois. Parce que, la Harley, on en prend soin. Et le gars à qui elle appartient, il va la récupérer.

Mes palpitations se sont calmées doucement. Je croyais qu'on allait parler de nous. Pour être honnête, je m'étais fait une raison à propos du vol. « Les regrets sont une perte de temps », soutenait ma mère. Elle nous avait servi ce genre de lieu commun un bon nombre de fois avant de disparaître de la maison. Elle se rassurait sur ses intentions, sans doute.

— Si pour une raison ou pour une autre, il ne la retrouve pas, son assurance couvrira la perte et il en achètera une flambant neuve.

Robinson s'est tourné vers moi. J'ai remarqué qu'il avait un coup de soleil sur le nez. Ses joues étaient râpeuses. Sa pomme d'Adam montait et descendait. Nos yeux se sont croisés, mais j'ai vite regardé ailleurs.

Il a tendu la main pour écarter une mèche de cheveux qui me tombait sur le front. J'ai retenu mon souffle.

À cet instant, j'ai compris que, côté sensations fortes, notre fuite avait été plus que suffisante pour la journée. Si Robinson essayait de toucher une autre partie de mon corps, j'exploserais en confettis.

Mais il n'a rien fait de plus. Il a seulement souri.

— Fais de beaux rêves, Axi Moore.

Ensuite, il s'est roulé en boule pour dormir.

J'ai eu de la peine, sans trop savoir d'où elle venait.

9

J'AI VEILLÉ LONGTEMPS DANS LE NOIR, pénétrée par le contraste entre le sol froid et dur, et la chaleur réconfortante de Robinson. Les pensées tournaient dans ma tête : si on nous prend la main dans le sac ? Si on se dégonfle et qu'on rentre ? Si on continue la route, mais qu'on reste chastes, nuit après nuit ? Si on finit par s'embrasser et qu'on se dit je t'aime ? Si on ne se l'avoue jamais ?

Mais j'étais sûrement la seule de nous deux à m'en soucier. Cela ne semblait pas faire partie des préoccupations de Robinson. J'ai tout de même appuyé la tête contre son épaule. Il n'a pas bougé.

Je me suis enfin endormie et j'ai rêvé que j'étais au bord d'une falaise, fixant le vide. Le Robinson de mon rêve me tenait la main et me raisonnait : « Ne t'en fais pas, ça ressemble à un gouffre, mais c'est une montagne. Le chemin grimpe, il ne descend pas. »

Même dans les rêves, Robinson restait un optimiste.

Quand il s'est extrait de la tente, le lendemain matin, adorable, ébouriffé, j'avais déjà rangé nos sacs et repéré la route. Nous partions pour Bolinas, petite ville coincée entre les contreforts californiens et l'océan Pacifique. Je voulais y faire étape parce qu'un secret plane sur cette ville. Ses habitants arrachent même les panneaux de signalisation pour préserver le mystère. Mais cela ne m'empêcherait pas de le découvrir.

— Peut-être que tout au fond de la Belle Gosse se cache l'âme d'une rebelle ? a dit Robinson en enfourchant la Harley.

— Dis donc, je ne te l'ai pas suffisamment prouvé en organisant notre odyssée ? Roule ! ai-je ordonné en grimpant derrière lui.

Sur la route, on a manqué une ou deux bifurcations, mais on a fini par atteindre Bolinas… qui nous a laissés perplexes.

— C'est ça qu'ils veulent se garder pour eux ? s'est exclamé Robinson.

Deux rues en guise de centre-ville. Un café Coast – sans vue sur la côte – et un bar, d'allure surannée. Je me suis rendue à l'évidence : Bolinas n'avait rien de spécial.

Mais le bord de mer tout proche était splendide. On a enlevé nos chaussures pour marcher dans le sable, on s'est assis pour regarder l'océan et sentir la chaleur du soleil sur nos épaules. Des enfants bien bronzés ont couru autour de nous, en lançant des cailloux vers les mouettes. Robinson a enfoncé ses orteils dans le sable. Plus d'une fois je l'ai surpris en train de me regarder, le visage impénétrable.

— À quoi tu penses, Robinson ?

En même temps, je croisais les doigts pour qu'il ne perçoive pas mon appréhension.

— À des corn-dogs !

Parfois, je l'étranglerais.

Il aurait pu penser à moi, à nous, mais non, son esprit était fixé sur des saucisses piquées en brochette.

On est allés chez Smileys, Robinson a foncé au comptoir, comme chez Ernie.

— Bonjour, monsieur, deux Rainier et une paire de corn-dogs, s'il vous plaît.

Si Robinson était condamné à un dernier et unique repas, il choisirait des corn-dogs avec des frites et des Twinkie dégoulinants de graisse et de sucre.

— Montrez-moi votre pièce d'identité.

Robinson a sorti son portefeuille et montré un faux permis. J'ai vu les yeux du serveur faire des allers-retours entre la carte et le visage de Robinson.

— OK, Ned Dixon… Et vous, mademoiselle ?

— Moi, je ne conduis pas. Je n'ai pas de papiers sur moi.

— Écoutez, les jeunes, allez donc en face vous payer une glace à la chantilly.

— Je suis allergique au lactose, a répondu Robinson.

— J'ai pigé, monsieur, on a l'âge de se faire trouer la peau en Afghanistan, mais boire une bière en regardant le coucher de soleil, c'est interdit !

J'étais déchaînée, les mains agrippées au comptoir. Je ne sais pas d'où me venait cette agressivité, mais ça me faisait un bien fou de m'énerver après quelqu'un. Quelqu'un qui ne comptait pas, que je ne reverrais jamais plus.

J'aurais sûrement continué si Robinson ne m'avait pas traînée dehors. Il était mort de rire.

— Se battre en Afghanistan ? hoquetait-il. Nous ?

— C'est sorti tout seul !

Je me suis détendue et j'ai ri avec Robinson.

— Tu n'aimes pas la bière, en plus !

— C'était une question de principe. Y a plein de jeunes qui meurent là-bas avant même d'avoir eu le temps de s'acheter un pack.

— Beaucoup de gens meurent chaque jour, Axi. Ce n'est pas une raison pour faire des scènes aux serveurs sur les lois qui réglementent la consommation d'alcool.

Devant moi, Robinson pleurait de rire. Sa leçon m'a scotchée sur place. Oui, des gens meurent chaque jour. Comme Carole Ann, ma petite sœur, morte bien avant d'avoir appris à lacer ses chaussures. D'autres s'en vont avant d'avoir eu leur bac.

Merde, l'un de nous deux pourrait mourir pendant ce voyage de dingues.

Il y a tellement de choses plus importantes à faire que d'acheter une bière avant que la fin ne vous fauche. Je me suis dépêchée de rattraper Robinson, qui tournait à l'angle de la rue pour rejoindre la Harley, garée sur un parking vide. Mais un homme en veste de cuir se tenait juste à côté et la regardait beaucoup trop attentivement à mon goût.

— Bel engin, a-t-il dit à Robinson. J'ai un cousin dans l'Oregon qui a la même.

Mes poumons ont manqué d'air. Devions-nous partir à toutes jambes ? Robinson ne bougeait pas, au contraire.

— Il a bon goût, votre cousin ! Pas mal non plus votre Fat Boy. Moi je les aime bien, mais ma nana préfère les gros modèles !

À croire que Robinson et le type étaient potes depuis toujours, grâce à la Harley.

Le type semblait jauger Robinson, qui était bien plus grand mais un poids plume à côté de cette barrique bedonnante.

« Entrée à l'angle »

Moi j'étais toujours d'avis qu'il fallait se tirer vite fait et je pensais à l'expression « ma nana » dont Robinson m'avait affublée. C'était… intéressant. L'étais-je vraiment, sa nana, ou avait-il lancé ça juste pour son petit numéro ?

— On peut pas tout avoir dans la vie, pas vrai ? a repris Robinson.

L'autre l'a regardé longuement, puis a secoué la tête et a fini par partir. J'ai fourragé dans mon sac pour attraper un papier et un crayon.

Merci infiniment pour votre Harley. On y a fait très attention. On l'a baptisée « Charley ».

— Vraiment ? a demandé Robinson en lisant par-dessus mon épaule.

— Oui. « Charley-la-Harley ».

Excusez-nous, on ne vous a pas demandé l'autorisation, mais Charley a servi une belle cause. Bien à vous, BG & le voyou.

Ensuite, j'ai coincé le mot dans le guidon.

— Viens, Robinson, c'est l'heure de changer de monture.

Comme si j'avais volé des voitures toute ma vie. Le hic : il y avait seulement cinq voitures dans le centre-ville de Bolinas.

— Celle-ci, ai-je proposé en montrant une Pontiac grise.

— À mourir d'ennui, mais raisonnable.

Les picotements ont commencé à remonter le long de ma colonne vertébrale. Robinson a scruté les alentours, puis a ouvert la portière. Je me suis glissée côté passager, en louant le brave propriétaire qui n'avait pas verrouillé sa voiture. Robinson a sorti une mini-perceuse de son sac et a trituré le démarreur. Je voyais des copeaux métalliques tomber sur le siège.

Il a pensé à emporter une perceuse.

Dehors, un surfeur grisonnant nous regardait. Je lui ai fait coucou de la main.

— Robinson, active !

— Encore une minute.

L'adrénaline me titillait. Ça devenait douloureux.

— Je suis obligé de forer la serrure.

Qu'est-ce que j'en avais à faire ! Je voulais juste qu'il démarre le moteur. J'ai inspiré profondément. D'une minute à l'autre, nous allions foncer hors de Bolinas et tout redeviendrait normal. Enfin, retour à ma nouvelle normalité, j'entends.

Deux personnes sont alors sorties du café Coast et se sont dirigées vers la Pontiac. J'ai vu la mâchoire de la femme tomber et l'homme se mettre à courir, en criant : « Hé vous ! Ma voiture ! »

Le moteur a rugi juste avant qu'il ne touche le capot. Robinson a passé la marche arrière et on a descendu la rue comme ça. Il a quitté la ville pied au plancher, à quatre-vingt-dix kilomètres heure, alors que c'était limité à trente dans cette zone.

— Charley va me manquer, ai-je soufflé, le cœur battant.

— À moi aussi.

— Mais pas Bolinas.

— C'était ton idée !

Je n'ai pas relevé le sarcasme. Le soleil lançait ses derniers rayons vermillon au-dessus de la mer. Le voir disparaître à l'horizon me calmait doucement.

C'est fou comme la beauté est éphémère.

10

Nous avons traversé le Golden Gate Bridge, de nuit, puis les rues étroites de San Francisco, vers le Presidio. Comme nous avions le toit de la voiture au-dessus de nos têtes – et que les policiers de la ville apprécient peu le camping urbain –, on a décidé de passer la deuxième nuit dans la Pontiac.

Je me suis installée sur la banquette arrière et Robinson, plus difficilement, à l'avant. Vu l'épaisseur du rembourrage, on ne risquait pas de se toucher. D'un côté, j'étais soulagée, mais de l'autre, la tente-si-cosy me manquait.

Je constatais également que Robinson me manquait, alors qu'il se trouvait à cinquante centimètres de moi.

Bref, j'étais en train de développer un véritable syndrome de manque. Ça avait commencé avec Charley-la-Harley. Je n'avais pas arrêté d'y penser depuis qu'on l'avait abandonnée. Si je m'entraînais à supporter le manque des petites choses, comme une balade de dingue à moto, ou bien le grommellement incompréhensible de mon père endormi, ou encore l'éloignement progressif de Robinson durant mes nuits, peut-être m'habituerais-je aux manques plus sérieux. Comme ça, quand viendrait le jour où je perdrais quelque chose d'important, j'y survivrais.

Nous avons écouté la radio un moment, Robinson fredonnait, je l'écoutais. Puis, on s'est assoupis. Au petit matin, le brouillard avait monté de la baie, les lampadaires étaient enveloppés d'un halo orangé. Je me suis approchée de Robinson, tordu sur son siège, et j'ai claironné :

« Good Morning Vietnaaam ! »

Le réveil en douceur ! Il a ouvert un œil et m'a fait un doigt d'honneur…

Tout le monde ne peut pas être matinal.

— J'aimerais te présenter quelqu'un, ai-je dit à Robinson.

— Maintenant ?

Pour toute réponse, je lui ai tendu ses bottes.

Au cours des six derniers mois, je lui avais suggéré un livre en particulier : *La Route sinueuse*, de Matthea North. L'histoire d'une fille qui a un père alcoolique (forte identification avec moi) et une mère trop mignonne (idem), et qui vit dans une petite ville de l'Oregon. Cela aurait pu être moi. Voilà pourquoi j'ai trouvé ce livre si fascinant. Il y a deux ans, j'avais adressé un courrier à l'auteur. Elle m'avait répondu. Notre amitié épistolaire, on peut l'appeler ainsi, était née. (« Épistolaire » n'est pas un mot que j'emploierais devant Robinson.)

Viens me rendre visite, à l'occasion, m'a écrit Matthea. *Je te servirai du thé et on devisera sur les caprices de l'amour, les secrets de la vie, les mystères de l'univers…*

L'heure de cette conversation était venue.

La maison de Matthea se trouve sur Nob Hill, au sommet d'une incroyable rue escarpée. J'ai sonné à la porte et nous avons patienté sur le perron, un peu nerveux. Robinson ne savait même pas ce qu'on faisait là, j'avais refusé de le lui expliquer. À mon sens, on manque de surprises dans la vie. L'anniversaire et Noël, ça ne fait que deux occasions par an.

Mais quand la porte s'est ouverte, j'ai été encore plus surprise que Robinson. Matthea et moi avions tellement en commun que je l'avais imaginée comme un double plus âgé : mince, de taille moyenne, les lèvres charnues, les grands yeux de ma mère dans un visage un peu moins joli.

Matthea ressemble plutôt à Bilbo le Hobbit qui serait habillé en gitane. Elle était toute petite, bardée de foulards et de colliers. Elle m'a tendu spontanément la main.

— Bonjour ! Axi, c'est ça ?

Ses yeux verts noyés dans des joues roses et rebondies pétillaient de malice.

— Oui ! Robinson, je te présente… la seule et unique Matthea North !

— Waouh ! C'est vous qui avez écrit ce livre sur une ville pire que la nôtre !

Comme toujours, Robinson était archi souriant et avenant, pas le moins du monde décontenancé par l'allure de Matthea.

Elle a ri. Les vieilles dames ont toujours adoré Robinson.

On l'a suivie dans la pénombre de sa maison. Bavarde comme une pie, elle nous racontait que Mark Twain n'avait jamais affirmé que l'hiver le plus froid de sa vie s'était passé durant un été à San Francisco, mais qu'il aurait pu le déclarer, car elle trouvait la température polaire, aujourd'hui ; que le chant des oiseaux avait su évoluer pour s'adapter aux bruits des voitures, car les moineaux devant chez elle étaient assourdissants, qu'elle n'avait pas pioché de biscuit porte-bonheur chez Lucky Feng, et que c'étaient les Japonais et non les Chinois qui les avaient inventés.

Arrivés dans le salon, elle nous a proposé de nous asseoir dans son canapé d'allure poussiéreuse.

— Axi, j'ai adoré ton histoire sur ce vieux bistrot, où la fille et le garçon qui sont amis, et peut-être davantage, parlent de…

— Oui, oui ! Merci !

Inutile de s'appesantir sur les détails ! J'entendais presque les pensées de Robinson qui disaient : *Ah bon ? T'as écrit sur nous chez Ernie ?*

Je ne l'ai pas regardé. Bien sûr que j'écris sur lui. C'est mon meilleur ami. Celui qui me connaît comme personne. Celui à qui je pense soixante-quinze pour cent de mon temps, quand je suis réveillée… Si ce n'est plus.

— Merci de nous accueillir, Matthea. J'avais vraiment envie que Robinson vous rencontre. J'ai du mal à obtenir qu'il termine les livres que je lui prête, mais le vôtre, il l'a lu en une nuit.

— Cela m'a aidé à… comprendre, a dit Robinson en me fixant.

— Ah ! C'est vrai qu'Axi et moi, nous avons une certaine toile de fond en commun ! Mais elle est bien plus douée que je ne l'étais au même âge.

— Une accrocheuse, c'est sûr.

Je lui ai décoché un coup dans le tibia. Léger.

Matthea a disposé un pichet de thé glacé et un cake au citron sur la table basse, devant nous. Robinson s'est servi deux tranches, sans attendre.

— Alors, Axi, l'écriture ? Tu en es où ? m'a-t-elle demandé.

— Au point mort, en ce moment. S'il vous plaît, donnez-moi un secret pour que je m'y remette. Pour ne pas se décourager. Pour continuer d'y croire. Ce genre de trucs.

— Ma chère Axi, le secret universel n'existe pas. Chaque écrivain découvre le sien par lui-même. Il trace sa propre voie.

Évidemment, ça ne m'éclairait pas beaucoup. Il n'y a pas de remède miracle, c'est bien connu.

— Tu savais que certains rois d'Europe se sont fait enterrer avec leur cœur séparé du corps ?

— Euh ! Non.

J'ai vu les sourcils de Robinson se lever et son petit sourire en coin que j'adore se dessiner. Aucun doute, mon interlocutrice loufoque l'amusait.

— Ils faisaient don de leur cœur, au propre et au figuré, à leur patrie. Pour l'éternité… Macabre, mais l'image me plaît. Tu offres ton cœur à ton pays – pour toi, ce sera à ton écriture.

— Ah ? D'accord.

Autant préciser que j'étais loin d'écrire un best-seller. Et mon cœur était encore bien accroché dans ma poitrine, n'est-ce pas ?

— Sois patiente, Axi. Continue d'écrire. Et de rêver, surtout. N'oublie pas que l'inspiration a frappé Archimède lorsqu'il était dans son bain !

Comme pour Richard Feynman, ce génie de la physique, qui se serait trouvé dans une boîte de strip-tease quand l'inspiration l'a frappé. (J'avais tout de même retenu un point ou deux du cours de sciences, même si j'étais certaine de me planter à l'examen !)

Nous avons continué de deviser, sans aborder les caprices de l'amour ou les mystères de l'univers, mais notre conversation touchait à quantité de sujets, en partant des cœurs embaumés des rois du Moyen Âge, jusqu'à la théorie de la relativité d'Einstein. J'en ai conclu que la créativité était plus importante que la connaissance et que mon temps avait été bien employé en sa compagnie.

À la quatrième tranche de cake, Robinson s'est levé en s'excusant pour sortir prendre l'air. J'ai eu un frisson involontaire que Matthea a remarqué, sans s'interrompre pour autant. Au moment de prendre congé, elle a posé sa main sur mon épaule :

— Tout va bien, Axi ?

Durant une microseconde, j'ai eu envie de tout lui raconter, la véritable raison de ce que nous étions en train de faire, Robinson et moi, même si je n'avais jamais voulu me l'avouer. Car cela n'avait rien à voir avec le soi-disant rejet de ma vie à Klamath Falls… Mais je n'ai pas pu.

— Super, oui !

— Et ton ami ?

Elle a regardé Robinson qui admirait la baie, appuyé contre la voiture. Il a serré ses bras autour de son corps, comme s'il étreignait quelqu'un ou avait froid. Ou qu'il éprouvait le besoin de se rassurer tout seul.

— En pleine forme. Si, si.

Axi, pourquoi mens-tu ?

Matthea a cueilli une fleur jaune et me l'a glissée sur l'oreille.

— Donne ton cœur à ton écriture, m'a-t-elle répété.

Une phrase sensée. Mais quand j'ai regardé Robinson, je savais que je l'avais déjà donné pour une autre cause, à quelqu'un.

11

Si cela n'avait pas été une invraisemblance médicale, j'aurais soutenu que Robinson était né avec une clé à molette greffée au bout des doigts.

C'est en raison de ce gène de la mécanique que j'avais prévu notre prochaine étape à Torrance, en Californie. Torrance : berceau de la NASCAR, l'association des courses de voitures de série sur circuit, les stock-cars. Son circuit automobile, son fantastique spectacle rock'n'roll de voitures, la ville où vous pouvez vous approvisionner en pièces détachées dans plus de cinq cents magasins.

Autrement dit, pour Robinson, Torrance était l'Eldorado ! Le genre d'endroit qu'il se devait – qu'il méritait – d'explorer.

Cet après-midi-là, lorsqu'on s'est garés sur le parking du circuit de vitesse Cal-Am, Robinson était baba. J'ai eu droit à son sourire le plus craquant.

— Axi Moore, t'es unique. Je n'en connais pas deux comme toi !

— Tu n'as encore rien vu !

Je l'ai guidé vers une entrée sur le côté, indiquant *Pilotes*, et non vers le grand hall d'accueil. C'est là que Brad Sewell nous attendait.

— Alexandra ! a-t-il lancé en me serrant dans ses bras. Ça fait tellement longtemps, ma jolie !

Évidemment, Robinson était comme deux ronds de flan et se demandait comment je pouvais connaître ce grand gaillard tatoué.

— Robinson, je te présente Brad, ai-je dit simplement.

— Salut, Robinson ! Je t'explique d'abord deux, trois trucs et on va au cockpit.

Alors seulement, Robinson a compris pourquoi je l'avais amené ici. Il était littéralement en transe.

— C'est pareil que dans *Un monde pour nous*, m'a-t-il chuchoté.

On avait regardé ce vieux film avec Cusack des dizaines de fois. Notre scène préférée : quand le héros, un allumé, réussit enfin à traîner sa belle au musée. Comme il est pote avec un des gardiens, il l'impressionne en lui montrant de fabuleux tableaux de maîtres.

Même scénario pour nous aujourd'hui. En mieux. J'avais soudoyé Brad grâce à quelques économies et écrit une carte : *En souvenir de nos sœurs, dans le service des cancéreux.*

Brad a raconté un charabia mêlé de « zone de dégagement », « point de courbe » et « chicane », mais Robinson acquiesçait sans broncher. Je l'ai vu enfiler une combinaison ignifugée, puis Brad lui a mis un casque équipé d'un kit mains libres sur la tête et l'a harnaché dans l'habitacle.

— Tout le monde est capable de speeder sur ligne droite, mais ce sont les courbes qui font le pilote, a lancé Brad.

— Bien sûr ! ai-je répondu comme si je m'y connaissais.

Surtout moi, incapable d'aller seulement chez l'épicier du coin au volant d'une voiture.

Robinson a démarré et s'est engagé sur le circuit. Au début, il ne roulait pas très vite, mais il a dû prendre le pli parce que le moteur a rugi de plus en plus fort. La voiture est devenue une traînée verte qui enchaînait les tours.

— Comment va Lizzie ? ai-je demandé à Brad.

— Bien. On touche du bois. Ma sœur est en rémission depuis deux ans, maintenant.

— Génial !

Lizzie s'était montrée adorable avec Carole Ann. Elle faisait partie des chanceuses.

— Et toi ? m'a interrogée Brad.

J'ai fait semblant de ne pas entendre. Ça tombait bien parce que la voiture verte approchait pour faire halte. Robinson a ouvert la porte.

— Axi ! Monte ! a-t-il hurlé.

J'ai regardé Brad en espérant qu'il dirait que la ceinture côté passager était fichue ou qu'il était en rupture de casques.

— Les combinaisons sont dans la réserve, Axi !

Voilà comment je me suis retrouvée à bord d'une Chevy de course, affublée comme Danica Patrick et en ébullition.

— À vos marques, prêts, partez ! a hurlé Robinson.

Il a appuyé le pied sur le champignon et nous a fait passer de zéro à cent kilomètres heure en une microseconde.

La force d'inertie me plaquait contre le siège et le rugissement du moteur, à vous secouer les neurones, était complètement dingue. Le bruit pénétrait mes tympans et toutes les cellules de mon corps. Ça vibrait dans ma poitrine et dans mes tripes.

Je n'ai pas pu m'empêcher de hurler de joie… ou de terreur.

Mais je me suis arrêtée car je ne m'entendais pas. Puis j'ai recommencé à m'époumoner !

Au premier virage, j'ai remarqué une clôture grillagée courbée vers la piste. J'ai compris plus tard – parce que sur le coup, j'étais incapable d'organiser mes pensées – qu'elle servait sûrement à empêcher que nos corps soient projetés dans les tribunes en cas de collision.

Les vitres de notre voiture de course avaient elles-mêmes été remplacées par d'épais grillages de protection. Un vent chaud chargé de relents d'huile et d'asphalte s'y engouffrait. De ma place, je ne voyais pas le compteur, mais je préférais ne pas savoir à quelle vitesse nous roulions.

Les pneus ont crissé dans le virage. Dès sa sortie, Robinson a de nouveau appuyé comme un malade sur l'accélérateur. Mon champ de vision a soudain rétréci. Comme si je regardais dans un tunnel.

Sur les côtés, tout s'estompait, l'important était ce qu'il y avait devant nous et comment nous allions nous y propulser à la vitesse de la lumière.

Mon corps chantait sous l'empire de l'allégresse, de la peur et d'une incroyable sensation d'être vivante. Je n'étais plus Alexandra Jane Moore, mais une supernova sanglée dans un siège baquet.

Go, go, go ! délirais-je dans ma tête, parce que crier était tout bonnement inutile.

On a encore fait trois tours à cette allure de dingue. Quand Robinson a ralenti, je pense que mes yeux de chouette démente sortaient de mes orbites.

— Oh, mon Dieu, mon Dieu ! ai-je bégayé en enlevant mon casque.

Robinson gloussait comme une poule pondeuse.

— Alors, les p'tits gars, heureux ? a crié Brad en accourant vers nous.

Robinson a mis un moment avant de répondre, le temps que son cerveau arrête de danser la gigue, j'imagine.

— Le plus beau moment de toute ma vie, a-t-il dit enfin.

Ça m'a fait rire, parce que c'était exactement ce que j'avais voulu lui offrir en l'amenant ici.

Carpe diem. C'était bien le cas aujourd'hui, après tout.

12

— Axi ! Je suis sur Tom Cruise ! Prends-moi en photo !

— Tu as posé les pieds sur son étoile, voyou !

Je me suis empressée d'attraper l'appareil pour fixer ce moment : Robinson aux yeux noirs, beau comme une star de cinéma, habillé comme un bûcheron. Même en Californie du Sud, il ne quittait pas sa chemise.

En sortant de Cal-Am, encore secoués par l'expérience, on avait fait un petit crochet pour aller à Hollywood.

Bien sûr, on s'était précipités sur Hollywood Boulevard, pour fouler la fameuse Walk of Fame et ses étoiles dorées enchâssées dans le trottoir. Alors que Robinson lorgnait les artistes de rue (musiciens, bateleurs et même des types déguisés en Iron Man ou en capitaine Jack Sparrow), moi je mitraillais les étoiles de mes acteurs et actrices favoris : Marilyn Monroe, Audrey Hepburn, James Dean et – bon, chacun ses goûts – Drew Barrymore et Jennifer Aniston, parce que nous sommes en 2013 et que les bons films ne sont pas tous en noir et blanc.

— C'est complètement dingue, ici ! a dit Robinson en sautant sur l'étoile de Blanche-Neige. Regarde, maintenant je suis en plein conte de fées.

— Blanche-Neige, c'était moi, mais j'ai dévié !

Et je lui ai fait une magnifique grimace, à ma façon !

On a continué notre balade sur Highland Avenue, vers Hollywood Hills et ses gigantesques lettres plantées dans la colline, le quartier qui vaut de l'or. Destination : Hollywood Hotel. Robinson n'était pas au courant, j'avais voulu lui en faire la surprise. La joie qui se peint sur son visage, ses yeux qui s'écarquillent quand il n'en revient pas, je voulais voir cela encore souvent.

Le fait de se retrouver seuls dans une chambre d'hôtel n'avait pas été un critère décisif.

(Ne riez pas !)

— On a suffisamment d'argent pour payer ? m'a demandé Robinson dans le hall, quand il a compris qu'on passerait la nuit ici.

Je n'en étais pas si sûre, mais tant pis.

— Mon dos ne supportera pas une nuit de plus sur la banquette de la voiture. Et je ne camperai pas avec tous les mecs torse nu qu'il y a au parc.

(Sachant que je ne pouvais pas lui dire la vraie raison, ça paraissait plutôt crédible, non ?)

— Le type au python avait l'air sympa, pourtant ! Bon, autant en profiter, tu m'appelles le service d'étage ?

— Bien tenté, mais non ! Espèce de dilapidateur, panier percé.

— Encore des mots inconnus. Mais je tiens à préciser que ce n'est pas moi qui ai réservé un hôtel aussi cher.

Dans le bel ascenseur couvert de miroirs nous sommes restés silencieux jusqu'au quinzième étage. On ne se regardait même pas. Est-ce que Robinson était aussi intimidé que moi ? Je l'ignore.

Quelques minutes plus tard, nous sommes entrés dans une spacieuse chambre de couleur gaie, dotée d'un écran plat géant, de hautes baies vitrées, avec un petit coin salon et un lit gigantesque.

J'en ai eu le souffle coupé. Robinson et moi avions pourtant dormi collés comme des petites cuillères, sous la tente, mais ce lit, ce lit aussi immense qu'un paquebot, dans lequel on pouvait garder ses distances, me semblait bien plus intime.

Je suis allée me débarbouiller dans la salle de bains. J'ai à peine reconnu la fille que je voyais dans le miroir. C'est vrai qu'elle avait absolument besoin de prendre une douche, mais surtout, elle avait l'air… d'une sauvageonne. C'est le mot qui m'est venu à l'esprit. Certainement pas une fille à papa ou une sage demoiselle, le genre de dénominations auxquelles j'étais habituée.

J'ai fixé ses yeux bleus et je lui ai souri.

— Qui es-tu ? Comment t'appelles-tu ?

Je lui parlais tout bas. Mais elle ne me renvoyait que son sourire énigmatique.

Quand je suis revenue dans la chambre, Robinson était déjà couché, alors qu'il était à peine 20 heures. Il portait son vieux T-shirt Bob Dylan et pianotait sur la télécommande. La télévision était allumée, mais sans le son.

— Axi Moore ! m'a-t-il lancé.

La lumière bleutée de l'écran éclairait son beau visage.

— Oui, Robinson, ai-je murmuré.

— Tu veux faire quoi maintenant ?

J'ai failli craquer. C'était bien toute la question, non ?

Je suis restée là, plantée entre le petit salon et le lit, entre la peur et le désir. Oui, j'avais envie de me lover contre lui, de caresser ses cheveux, de sentir ses lèvres sur mon cou, de frotter ma peau contre la sienne.

Mais les pensées que j'avais eues au milieu des séquoias me sont revenues en tête : combien un rêve peut être à la fois parfait et terrifiant, vertigineux et abyssal. Que devais-je faire ?

— Hé, regarde ! *Le Chat potté* !

Et hop, la tension est redescendue. C'est un dessin animé qu'on adore, même si c'est pour les enfants. Robinson a toujours soutenu que c'était le meilleur rôle d'Antonio Banderas.

Le chat roux, aux poils ébouriffés, aux grandes bottes et à l'accent espagnol a balayé mes questions et mes doutes jusqu'à une prochaine fois. Je me suis glissée sous la couverture, à côté de Robinson. Les draps de soie sentaient bon la lessive. J'ai respiré un grand coup et me suis collée à Robinson. Ensuite, j'ai posé la tête sur son épaule.

Il s'est raidi un peu. Moi aussi. Mon cœur a chaviré, et j'ai fermé les yeux parce que j'avais honte. Est-ce que j'avais tout interprété de travers ? Je me suis demandé si je ne devais pas compter jusqu'à cinq puis me réfugier à l'autre bout du lit.

Sauf que j'ai senti le corps de Robinson bouger. Il s'est tourné vers moi, s'est allongé et m'a embrassé le sommet du crâne. Sous la couverture, sa main a cherché la mienne, et nos doigts se sont enlacés.

Ça suffit, je me disais. *Rien de plus.*

Pour aujourd'hui.

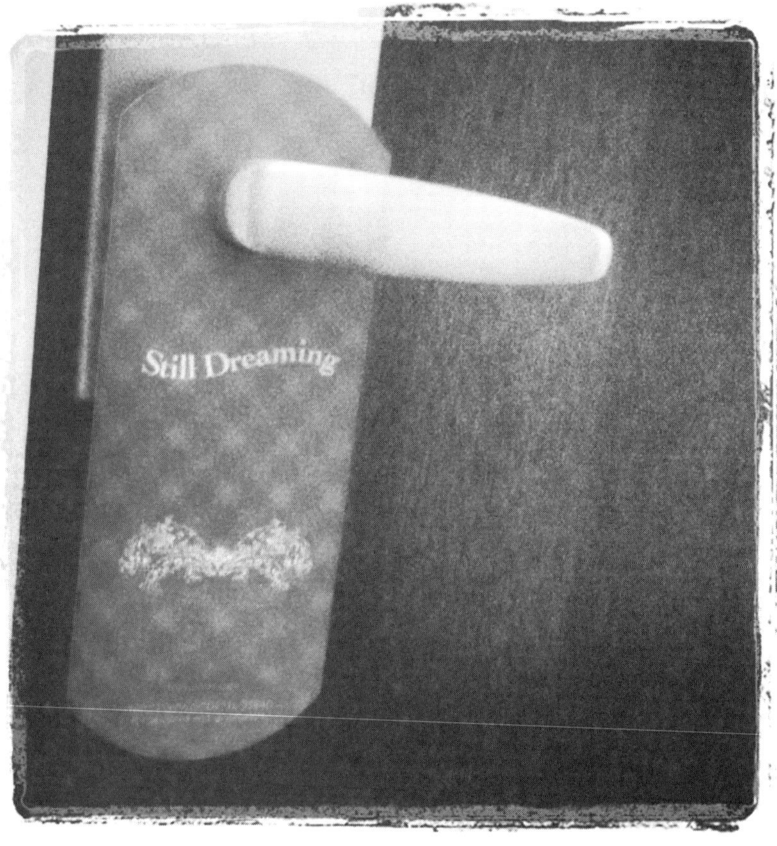

« Ici, on rêve encore »

13

LE LENDEMAIN MATIN, AU PETIT-DÉJEUNER, Robinson m'a dit qu'il voulait m'avouer quelque chose.

On était au Starbucks, en train d'engloutir des sandwichs « faits maison » réchauffés au micro-ondes. Autant signaler qu'ils n'avaient rien de « faits maison ». Assis à la table d'à côté, un Stormtrooper sorti de *La Guerre des étoiles* et un Michael Jackson, peu convaincant, étaient en train de siroter leur mocha venti, avant d'aller se poster sur la Walk of Fame.

— Accouche !

J'ai senti une légère palpitation dans ma cage thoracique. *Il va me dire qu'il est désolé et qu'il aurait dû m'embrasser, hier soir.*

— J'aimerais aller voir la maison de Bruce Willis.

Robinson m'a lancé un regard par-dessous sa frange, l'air juste un peu penaud.

J'aurais pu me taper la tête contre la table. Pourquoi espérais-je toujours qu'il me fasse une belle déclaration ? Avec lui, je concluais souvent que l'adolescent était une espèce différente de l'adolescente. (« Différente » signifiant surtout « moins évoluée ».)

Mais c'était sa virée autant que la mienne, alors je me suis montrée bonne joueuse. Voilà comment, aussitôt après le petit-déjeuner, Robinson et moi nous trouvions à bord d'un open bus pour touristes. Le guide nous promettait monts et merveilles : un incroyable tour à tomber par terre, nous approcherions à deux doigts des villas de nos stars favorites, pour jeter un petit coup d'œil sur leurs vies privées.

J'avais peur d'être une voyeuse, mais Robinson n'éprouvait aucun scrupule.

— Si tu ne veux pas être zieutée, ne deviens pas célèbre, m'a-t-il dit en croquant déjà dans une barre de céréales piquée dans mon sac.

— J'ai intérêt à annuler mon audition pour *The Voice*, alors ?

Je me suis aussitôt lancée dans *I Will Always Love You*..., pas facile, même pour un bon chanteur, et dévastateur, surtout pour une casserole comme moi.

Robinson a fini par appeler au secours et se boucher les oreilles.

Comme on avait payé pour le tour prestige, on a pris tout notre temps en descendant à chaque arrêt pour visiter, se promener, remonter dans la navette suivante et recommencer. Nous sommes allés dans les quartiers commerçants de Melrose et de Rodeo Drive, sous les palmiers de Sunset Strip, puis à La Brea Tar Pits et au Petersen Automotive Museum avec son incroyable collection de voitures (et j'ai bien cru ne jamais sortir Robinson de là).

Lorsque nous avons monté la colline de Bel Air, l'après-midi était bien avancé.

— Axi, on y est presque ! Ce bon vieux Bruce va nous inviter à dîner.

— C'est sûr ! Et on n'oublie pas le dessert chez Jennifer Aniston.

— La BG fait de l'humour, maintenant ? Allez, je te parie que la crème brûlée de Jennifer est à tomber ! Et son café… J'adore prendre un petit café avec mon dessert.

Robinson avait l'air tellement sincère…

Si fou que cela puisse paraître, j'aimais particulièrement ceci chez Robinson : sa capacité de croire en une chose à laquelle il ne croyait pas vraiment ! Cela a-t-il du sens ? Il savait ce qu'il voulait, ce qu'il sentait devoir être vrai, et durant un instant, par sa seule volonté (ou son humeur, ou encore ce stupide espoir typiquement masculin), c'était vrai.

L'art d'y croire. Mon compagnon de voyage était très fort en ce domaine.

— Sur votre gauche, vous pourrez admirer une maison ayant appartenu à Arnold Schwarzenegger, a lancé le guide, interrompant le fil de mes pensées sur Robinson, et, sans aucun doute, les rêveries de mon ami sur les desserts.

Robinson s'est penché vers moi pour me murmurer la fameuse réplique d'Arnold :

— *I'll be back.*

— *Viens avec moi si tu veux vivre,* ai-je répondu en reprenant la suite de *Terminator 2*.

— *Je veux tes vêtements, tes bottes et ta moto…*

Puis Robinson s'est tapé le front, incapable de se souvenir de la suite.

— *Hasta la vista, baby !* ai-je lancé, d'un air supérieur.

— Argh ! Je l'avais sur le bout de la langue !

Robinson m'a chatouillée alors que je ne m'y attendais pas, ce qui m'a fait crier.

Le guide continuait de baratiner, mais nous n'écoutions plus. L'autobus sillonnait un quartier de rues arborées, ralentissait devant des grilles pour que nous jetions un bref coup d'œil aux immenses villas noyées dans des jardins élaborés. L'air embaumait la rose… et les dollars.

Le chauffeur a ralenti dans un virage étroit, puis a stoppé derrière un groupe de cyclistes.

— Allons-y, ai-je dit à Robinson, en lui prenant la main.

Il s'est tourné vers moi sans comprendre.

— De l'autre côté, ai-je murmuré.

Comme il ne comprenait toujours pas, j'ai enjambé la rambarde de l'autobus et sauté sur la chaussée.

Les autres passagers nous ont peut-être remarqués, mais ils n'ont rien signalé. Quelques secondes plus tard, Robinson atterrissait à côté de moi, ahuri. L'autobus a redémarré sans nous.

— C'est quoi ce plan d'enfer, Axi ? On ne connaît même pas l'adresse de Bruce Willis et on est bien à quinze kilomètres de l'hôtel.

— Suis-moi !

Je l'ai conduit vers un portail ouvert sur lequel était accroché un panneau *À vendre*, que j'avais vu depuis le bus.

— Hé, meeeec ! Sans déc… ? a lancé Robinson, en jouant les péquenauds de K Falls.

J'ai regardé à droite, à gauche dans la rue : mis à part un jardinier qui nous tournait le dos, tout était désert. Nous sommes entrés dans la propriété jusqu'au jardin devant la maison. Ceux qui vivaient dans cette demeure de style méditerranéen (prix à débattre, petite fourchette de cinq à dix millions de dollars) étaient partis, mais la piscine restait entretenue, son eau transparente et bleue.

Le soleil déclinait, le ciel prenait des teintes orangées.

— Ben toi alors, la BG… a commencé Robinson.

— Si ça (j'ai ouvert grand mes bras pour lui désigner toute la propriété) ne prouve pas que je n'ai rien d'une BG, alors qu'est-ce qu'il te faut ?

Robinson n'a pas répondu. Moi, j'ai eu une idée.

En un clin d'œil, je me suis déshabillée, j'ai fait un tas avec mes vêtements et j'ai plongé en culotte et en soutien-gorge dans la piscine. J'ai nagé en apnée sur toute la longueur pour émerger à l'autre bout dans une cascade de gouttes d'eau.

— Viens si tu l'oses, voyou !

Il a hésité un instant, mais Robinson ne résiste jamais à un défi. Il a enlevé sa chemise, dénudant ainsi sa large poitrine pâle, son ventre plat et son torse musclé en V. Je n'en avais jamais autant vu de son anatomie, la couleur ivoire de sa peau était surprenante.

Tel qu'il se tenait au bord de la piscine, nu à l'exception d'un caleçon, j'ai pensé au *David* de Michel-Ange. Non pour le corps d'athlète de Robinson (qui n'avait rien à envier, pourtant), mais parce que je trouvais chez lui cette combinaison de puissance et de vulnérabilité que l'artiste a insufflée à sa sculpture. Vérifiez, Michel-Ange n'a pas voulu un David triomphant, comme d'autres sculpteurs, il l'a figuré juste avant son combat contre Goliath – lorsqu'il se croit condamné et se lance tout de même dans la bataille.

Robinson s'est bouché le nez, il n'avait plus rien d'une statue de la Renaissance.

— Boulet de canon ! a-t-il hurlé en sautant. Mon Dieu que c'est froid !

— Vivifiant ! Revigorant, tu veux dire ?

— Intello ! J'ai encore le droit de te traiter d'intello-pipelette, non ?

Ensuite, il a nagé vers moi, tout sourires. Il est venu mettre ses mains sur mes épaules. Il s'apprêtait à m'embrasser, j'en étais persuadée. Il était si proche, ses doigts posés sur ma peau, et il n'y avait rien, rien d'autre que de l'eau entre nous (et deux fines couches de tissu trempé).

Il a fait encore une brasse, puis a stoppé. Il a ouvert la bouche comme pour parler, mais n'a pas prononcé une parole. C'est alors qu'il a disparu sous l'eau.

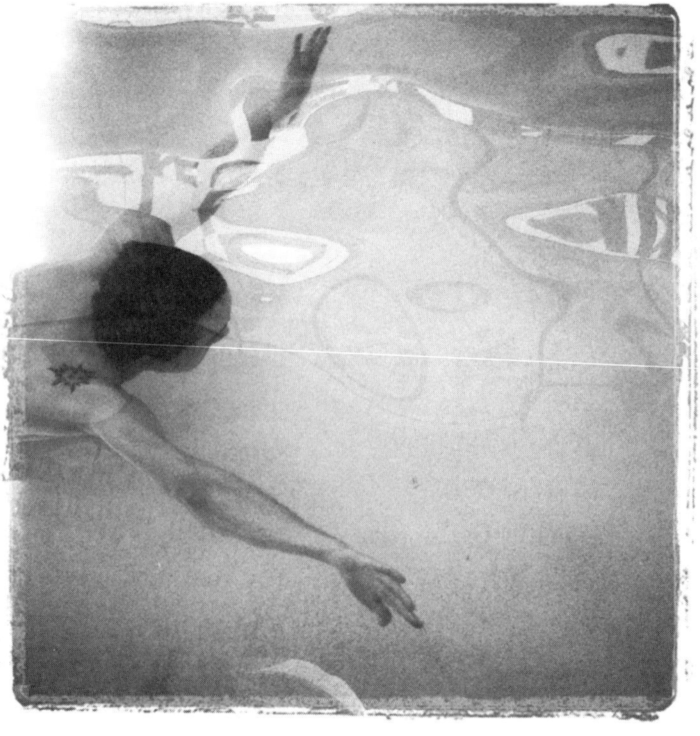

Et hop, il m'a soulevée et m'a jetée de toutes ses forces, et je me suis retrouvée à hurler, à avaler de l'eau et à rire aux éclats, et lui me disait : « Chuuut ! Axi, tu ne voudrais pas que les flics nous embarquent. »

Nous avons nagé jusqu'à la tombée de la nuit. Les lumières du quartier palpitaient entre les arbres. Robinson faisait la planche et moi je me suis demandé ce que ça ferait de vivre dans ce luxe.

J'aurais tout ce qu'on peut acheter avec de l'argent, mais je ne posséderais pas pour autant tout ce que je désire. Même un peu.

14

Nous avons été chanceux, cette nuit-là. Non seulement nous n'avons pas été inquiétés dans la propriété privée, mais un moyen de locomotion s'est offert à nous : quand le jardinier d'en face nous a vus sortir trempés et grelottants, il a proposé de nous ramener.

— *Estás invadiendo… ¿Si?*

— *Si. Somos traviesos*, a répondu Robinson. Ça veut dire « très vilains », a-t-il précisé pour moi.

Dans la voiture, je me suis serrée contre lui sur le siège avant, pour essayer de me réchauffer à travers nos vêtements mouillés.

— Tu vois, tu ne peux absolument plus me traiter de BG, lui ai-je dit, à moitié endormie.

— Pourquoi pas BG pour Bad Girl ?

— Ou bien MM pour moitié-moitié, ai-je murmuré.

Mes paupières pesaient une tonne, elles se fermaient malgré moi. Honnêtement, c'est la dernière chose dont je me souvienne. J'ai dû tomber raide dans la camionnette et Robinson m'a sans doute portée jusque dans notre chambre, sur le grand lit. Peut-être qu'il a aussi tapoté les oreillers et qu'il m'a embrassée ? Si c'est le cas, je ne le saurai jamais.

Quand j'ai rouvert les yeux deux heures plus tard, il me regardait.

— Avant de partir, on doit voir une star. Pas seulement une étoile rose scellée dans le trottoir, ou une de leurs maisons, m'a dit Robinson.

— Allume la télé, on en verra plein, ai-je répondu en m'enfouissant sous les couvertures.

— Non, il faut qu'on en voie une, en vrai.

Mais nous ne sommes pas dans la vraie vie, a insisté l'autre Axi Moore, celle d'avant. *Notre aventure est de la pure folie. Si formidable soit-elle, elle ne durera pas.*

Bien sûr, l'Axi Moore d'avant et d'aujourd'hui savait pertinemment que la vraie vie ne dure pas non plus.

J'ai joué à cache-cache, en sortant et remettant ma tête sous les draps. Robinson, qui était au pied du lit, a brusquement tiré sur la couverture. J'ai essayé de m'y agripper, mais il était plus fort.

— As-tu apporté une jolie robe ?

— Quand on s'enfuit, on n'emporte pas sa garde-robe de princesse, ai-je ironisé.

— Choisis ce que t'as de mieux, on va descendre le tapis rouge.

Robinson m'empoignait la jambe, mais j'ai réussi à me libérer. J'ai pris une douche et enfilé ma robe cache-cœur, que j'avais emportée au cas où. Je me suis même un peu maquillée.

Le visage de Robinson s'est éclairé quand je suis sortie de la salle de bains.

— Pas mal quand tu veux, Axi Moore !

Robinson s'était également changé. Avec sa chemise à col oxford et son jean propre, il ressemblait à une pub pour Levi's 501.

Nous sommes descendus et il a hélé un taxi devant l'hôtel.

— À mon tour de te surprendre, a-t-il lancé.

Il a mis sa main sur mes yeux, jusqu'à ce qu'on soit arrivés au Hammer Museum.

— Voilà, on est arrivés !

Devant nous, une file de limousines noires, un tapis rouge sur le trottoir, une foule grouillante et une grande bannière annonçant : *L'hôpital pour enfants de Los Angeles fête ses 125 ans.*

La vue du mot « hôpital » m'a plombé l'estomac.

— C'est quoi ?

— Une soirée de bienfaisance. Une fête bourrée de superstars. À Hollywood, ma chère Axi, personne ne veut être accusé d'oublier les enfants malades.

Robinson est descendu du taxi et m'a tendu la main.

— Allez, viens ! On entre.

— T'es un sacré malade mental, Robinson. Ils ne laisseront jamais entrer deux gugusses comme nous, sortis de nulle part.

— Nous ne sommes pas n'importe qui, mais Axi et Robinson, les nouveaux Bonnie et Clyde ! Si nous, nous n'entrons pas, qui alors le pourrait ? a-t-il déclaré en me soulevant dans ses bras.

— Sûr ! Voler une Harley, ça vaut bien une récompense…

— Cent pour cent d'accord. Bouge pas, je reviens.

Robinson s'est éloigné et j'ai regardé les invités qui entraient : des hommes en smokings, des femmes en robes de cocktail colorées, couvertes de bijoux.

Robinson s'est dirigé vers une femme vigile d'un certain âge, habillée en noir. Au début, elle faisait semblant de ne pas le voir, mais je savais que cela ne durerait pas. Quand Robinson enclenche le mode charmeur, personne ne lui résiste.

Un moment plus tard, elle acquiesçait de la tête et me faisait signe d'approcher. Elle m'a dévisagée avec intérêt, peut-être même avec pitié. Son regard m'a fait frissonner. Qu'est-ce que Robinson avait bien pu lui raconter ?

— Passez par ici, vous deux, a-t-elle murmuré en désignant une entrée latérale.

Et nous nous sommes retrouvés à l'intérieur. Ça grouillait de célébrités. J'ai vu Matt Damon et Mark Wahlberg, en train de discuter près d'une fougère, Tina Fey qui posait devant un parterre de paparazzi. Les appareils flashaient comme des feux d'artifice. J'ai cessé de me soucier des élucubrations de Robinson avec la vigile. Autour de nous, d'authentiques stars parlaient, riaient, buvaient du champagne comme des gens ordinaires.

— Hum, que du beau monde ! a relevé Robinson.

— J'adore Los Angeles, j'adore Hollywood, ils sont tellement beaux. Tout le monde est plastique, j'adore le plastique, je veux être plastique !

« Bal des célébrités »

— Pardon ?

— Andy Warhol !

Robinson m'a tendu le bras et j'ai glissé le mien sous le sien, comme si nous étions un couple allant au bal de fin d'année. Il s'est penché vers moi et j'ai senti son souffle dans mes cheveux.

— Je t'avais dit qu'on entrerait, n'est-ce pas ?

— Oui. Tu avais raison.

— Du coup, c'est toi qui as…

— … tort ! Exact.

— Ah, ah ! Axi reconnaît qu'elle est faillible. Je vais savourer ce pur instant de bonheur pour toujours ! a-t-il rigolé.

La joue contre sa chemise, je lui ai souri. *Moi aussi*, ai-je pensé, *mais pour une raison complètement différente*. Une semaine plus tôt, nous étions à Klamath Falls, et maintenant, sur le tapis rouge. Tant que nous étions ensemble, tout serait possible, non ?

15

TOUT PARTENARIAT A SES LIMITES, NOUS l'avons découvert un peu plus tard ce soir-là, quand Robinson a décidé qu'il était temps que j'apprenne à conduire.

— Non, Robinson, je refuse d'apprendre sur une voiture volée.

— Ce n'est qu'une voiture. La pédale d'accélérateur à droite, celle du frein, à gauche, quatre vitesses, et la marche arrière.

Il était toujours très sûr de lui. Sans doute parce que tout lui réussissait : trafiquer une Harley pour la faire démarrer, embobiner n'importe qui avec de belles paroles ou jouer de n'importe quel instrument de musique. Son taux d'échecs était proche de zéro. Où qu'il soit, il ne perdait jamais le nord.

Moi, j'étais différente. Sur toute la ligne.

— Non, je ne le sens pas.

Robinson a incliné le siège passager et fermé les yeux.

— Moi, je le sens pour deux. Et c'est mon tour de profiter du paysage pendant que tu conduis.

J'ai crispé les mains sur le volant. *Tu peux le faire, Axi*, je me disais. *T'as joué comme une folle à Grand Prix*

Legends ! Mais une seconde voix me soufflait aussi : *Ouais, mais t'étais nulle, tu te plantais toujours avant la ligne d'arrivée.*

— Prête ? a demandé Robinson.

J'ai répondu oui, pourtant j'étais loin de l'être. C'est Robinson qui a démarré la voiture, parce que je ne savais pas me servir de son tournevis.

— OK, tu vérifies dans tes rétros si la voie est libre et tu passes la première.

À l'écouter, rien de plus facile, comme si je n'étais pas derrière le volant d'une machine infernale qui pèse deux tonnes.

Je l'ai sans doute prononcé à voix haute, parce que Robinson a dit :

— Tu exagères, Axi. En plus nous sommes sur un parking désert, tu n'abîmeras rien.

— On verra, ai-je ronchonné.

Durant quelques secondes, j'ai pensé à mon cours de physique, celui que j'avais séché le jour de notre rendez-vous chez Ernie. « Tout corps persévère dans l'état de repos dans lequel il se trouve, à moins que quelque force n'agisse sur lui. » La première loi de Newton. En d'autres termes, j'étais à l'abri du danger… tant que je n'appuyais pas sur l'accélérateur.

J'ai respiré un grand coup et réussi à engager la première, mais comme la voiture n'avançait pas trop, j'ai appuyé légèrement sur l'accélérateur. Ça y est, elle bougeait. Lentement, en cahotant.

— Mon Dieu ! Je conduis !

— Axi Moore remporte la palme de la plus belle évidence !

— La ferme !

— Pardon, c'était plus fort que moi. Tu es plus subtile d'habitude.

— Je te hais !

Mais je rigolais aussi.

Je roulais à trente kilomètres heure, pourtant j'avais l'impression de voler. J'ai forcément fini par arriver au bout du parking.

— Je fais quoi maintenant ?

— Et si tu essayais de tourner le volant ? Comme ça on pourrait se mêler au trafic… peut-être ?

Et il a ricané. J'ai appuyé sur le frein et me suis tournée vers lui. Je venais de conduire pendant trente secondes, montre en main, et cela n'avait rien de drôle, à mon sens.

— Dis donc, moi ça ne me fait pas rire. Je ne suis pas en train de m'amuser, ai-je crié.

— C'est si dur que ça ? m'a-t-il dit en posant la main sur mon bras. Surtout, réfléchis avant de répondre, Axi.

Bon, j'avais peur, c'est vrai. Manque de pratique. Mais était-ce difficile ? Pas vraiment. Ça se passait exactement comme Robinson l'avait décrit : la pédale à droite pour accélérer, celle pour freiner, à gauche, les vitesses et la marche arrière. Je devais juste avancer.

C'est comme si Robinson avait vu ma peur s'envoler.

— Tu vois, a-t-il repris, t'as pigé. Tout va bien se passer.

Et ça s'est bien passé. J'ai roulé sur le parking pendant près d'une heure, Robinson faisait le karaoké avec des chansons de circonstance : *On the Road Again*, *I Get Around*, *Mustang Sally*. Je me suis entraînée à tourner, à accélérer et même à me garer.

— Allez, je crois que t'es prête pour la route.

— Si tu arrêtes de chanter.

— Tope là.

À la sortie du parking, j'ai bien regardé à droite et à gauche, puis je me suis insérée dans la circulation.

— Appuie sur le champignon, Axi !

J'étais à la fois paniquée, ravie et à cran. Moi, au volant d'une voiture dans Los Angeles la fantastique, assise à côté du garçon qui était sans doute l'amour de ma vie.

— Wow ! Tu viens de faire une queue-de-poisson au mec.

— Vraiment ?

— La route ne t'appartient pas, Axi, mais la voiture, si.

— C'est rigolo, parce que justement, elle ne m'appartient pas, et à toi non plus.

— *Sur l'autoroute à L.A. … si tu en sors vivant…*

Robinson chantonnait encore une vieille rengaine. Mais il était censé se taire, non ?

— On n'est pas sur une autoroute, ai-je râlé.

Heureusement qu'on n'y était pas, vu ce qui s'est passé ensuite, parce que, sinon, cela aurait été pire.

C'est quoi déjà la seconde partie de la loi de Newton ? « … à moins que quelque force n'agisse sur le corps en mouvement et ne le contraigne à changer d'état. »

Dans le cas présent, la force extérieure se matérialisa sous la forme d'un parcmètre.

Je ne sais comment cela arriva. La minute d'avant, tout était impec, à la suivante, la voiture avait brutalement stoppé et je saignais du nez.

16

ROBINSON S'EST DÉPÊCHÉ DE NOUS remettre sur l'Interstate alors que moi, la tête dans le potage et en état de choc, je regardais par la vitre en tenant contre mon nez un T-shirt, qu'il m'avait tendu en reprenant le volant. Comme des témoins avaient assisté à mes prouesses, on était repartis rapidement.

— Tu vas bien ? m'a demandé Robinson.

— Je crois.

J'avais une petite voix. Je ne m'inquiétais pas pour mon nez, mais parce que j'avais bousillé une voiture volée.

— T'en fais pas. La police de L.A. court après de plus gros poissons que nous.

J'ai senti de l'incertitude dans son ton, comme s'il ne croyait pas à ce qu'il disait. Il n'arrêtait pas de regarder dans son rétroviseur, suspectant des gyrophares.

— Je suis désolée, ai-je murmuré.

Mais je crois bien qu'il n'a pas entendu. Ses yeux valsaient toujours d'un rétro à l'autre.

— Axi, à mon tour de t'en sortir une belle : « Au volant, tu gagnes, tu perds, tu casses. » Signé Dale Earnhardt Senior, ce pilote immortel. Qui ne tente rien, n'a rien ! On ne fait pas d'omelette sans casser des œufs, et qui aimerait vivre dans un monde sans omelette ? Si on écarte l'avis des poulets, bien sûr, je suis sûr que…

— Robinson, tu divagues, là !

— Quoi ?

Ses yeux lançaient des éclairs.

J'ai écarté le T-shirt, mais j'ai aussitôt senti un filet de sang couler. Au goût salé.

— T'es en train de perdre la boule ou quoi ?

— Qui, moi ? Pas du tout ! En voilà une idée !

— Le garçon fait trop de protestations, ce me semble.

J'étais à nouveau dans les vapes. Et constater le trouble de Robinson, lui qui est habituellement si calme, ne me rassurait pas.

— Tu peux répéter ?

— *Hamlet*. Légèrement adapté.

— Tu parles chinois ?

Mon pied tapait nerveusement le plancher. Pour la première fois, je doutais. Profondément. La grosse interrogation, genre : qu'est-ce qu'on est en train de faire ? Ce voyage n'était-il pas la pire idée de ma vie ?

Une fois de plus, je l'ai sûrement prononcé à haute voix, parce que Robinson s'est calmé instantanément. Il a respiré un grand coup, puis a posé sa main sur mon genou.

— On a eu une petite mésaventure, on tourne la page. Ce voyage est une idée brillantissime, Axi. La meilleure de toutes.

— T'es sûr ? On ne va pas se faire prendre ?

— Non. Tout va bien. Même s'il nous manque un phare et que tu as du sang partout. Une vraie vampire.

Mais franchement, tout va bien. Mieux que ça encore : nous sommes invincibles. Quelle est la prochaine étapc ?

Je n'en revenais pas que son humeur ait changé du tout au tout. Et si lui avait retrouvé la confiance, alors moi aussi, je pouvais y arriver. Parce que si ça n'était pas le cas, qu'est-ce que je faisais à courir les routes avec lui ?

On s'était laissé dépasser, mais cela allait s'arranger, j'en étais sûre.

— Las Vegas.

— Vegas ma jolie ! Nous voilà ! a hurlé Robinson en tapant sur le volant.

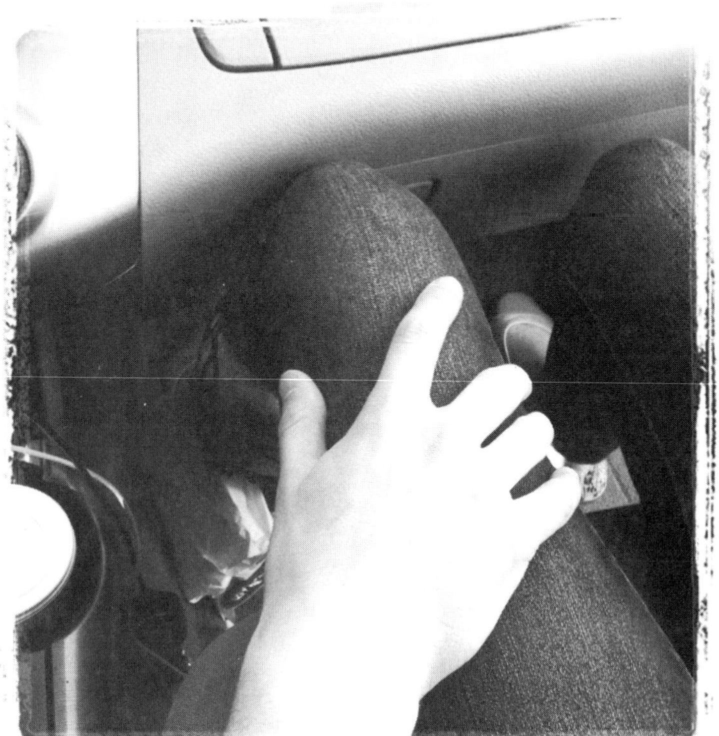

Il était heureux, je l'entendais. D'un côté, j'aurais voulu le secouer pour qu'il descende de son nuage, de l'autre, j'admirais son infaillible optimisme. J'ignore combien de fois je m'étais retrouvée au trente-sixième dessous et, toujours, la main de Robinson m'avait tirée vers la lumière.

— C'est ta faute, ai-je lancé en m'essuyant le nez et le menton dans le T-shirt.

— Faux ! Tu conduisais.

— C'est toi qui m'apprenais.

— Il faudra bien que tu y arrives, Axi. Je ne pourrai pas te servir de chauffeur toute la vie.

Il m'a souri. C'était peut-être un reflet, mais j'ai cru discerner un brin de mélancolie sur son visage.

— Mais si, ai-je répondu.

17

NOUS AVONS ROULÉ DE NUIT. LES COLlines sombres de Los Angeles ont laissé place à une étendue plate, puis, au bout de plusieurs heures, une lueur orangée a teinté le ciel. Quand la route a commencé à descendre, un vaste océan de lumières a surgi sous nos yeux.

— *« Oooh, Las Vegas ain't no place for a poor boy like me**… » C'est de Gram Parsons. T'as écouté le disque que je t'ai donné ?

Penaude, je me suis tassée dans mon siège en faisant non de la tête.

— Pas grave, a rigolé Robinson. Je peux le chanter en entier !

— J'en doute pas une seconde…

Il a continué de fredonner tout en roulant vers le Strip éclairé comme un soir de Noël puissance dix. Dans la rue, il faisait aussi clair qu'en plein jour, alors qu'il était plus de minuit. Nous sommes passés devant les casinos Bellagio, Bally's et MGM Grand. Je les connaissais grâce à *Ocean's Eleven*.

---

* « Y a pas de place à Las Vegas, pour un pauv' gars comme moi… »

— On va jouer alors ? a demandé Robinson.

— Ça m'en a tout l'air.

Je me suis débarbouillée dans les toilettes d'un 7-Eleven pendant que Robinson mangeait son énième Slim Jim. Ensuite, nous sommes allés au Luxor, parce que sa forme de pyramide nous plaisait. Il y a même un énorme sphinx devant l'entrée. Débile, mais on n'a pas résisté.

Une fois à l'intérieur, c'était un autre monde. Le tintement des machines à sous, les odeurs d'air conditionné et de transpiration, les flashes lumineux des spots : tout était en surcharge sensorielle.

— Tu veux gagner gros ? m'a demandé Robinson en mettant sa main sur mon épaule.

— Ouep ! Avec vingt dollars en poche !

— C'est le budget ? Ça fait deux jeux de black jack à dix dollars la mise. Donc, on va gagner.

— Ils dureront plus longtemps aux machines à sous.

Aller m'asseoir autour d'une table avec des inconnus et attendre que le croupier tire sa carte ne me disait rien du tout.

Mais Robinson lorgnait du côté de la table de black jack. Il s'imaginait sûrement qu'il pouvait charmer les cartes pour qu'elles lui obéissent. Mais pas moi. Je n'étais peut-être plus une BG, mais je n'avais jamais été joueuse. Et puis, on parlait des revenus de mes baby-sittings, j'avais bataillé dur contre des gamins enragés pour le gagner, cet argent.

C'est là qu'un gros costaud en veste noire a foncé sur nous, alors qu'on approchait des machines à sous. Il voulait qu'on lui montre nos papiers d'identité.

— En fait… a commencé Robinson.

— Ça suffit. Si vous avez des papiers, vous jouez, sinon, dehors.

— Vas-y Robinson, je t'attendrai devant.

— Pas question. On reste ensemble.

— On fait quoi maintenant ? m'a demandé Robinson.

Une phrase que j'ai adorée. Il a bâillé si profondément que je n'ai pas hésité.

— On cherche un endroit pour dormir.

« Entrez et gagnez ! »

Nous avons roulé jusqu'au parking le plus proche, celui de Treasures. Au début, j'ai cru qu'il s'agissait d'un magasin de cadeaux et de souvenirs.

— Pourquoi ça reste ouvert si tard ? Personne n'achète de boule à neige à 2 heures du mat'.

Robinson s'est moqué de moi, évidemment.

— C'est un club de strip-tease, ma pauvre fille ! Ici, c'est la ville du péché, t'as oublié ?

J'étais trop fatiguée pour relever. Je me suis allongée sur le siège arrière et j'ai mis mon sweat sur la tête. Robinson a tendu la main et je l'ai attrapée. Nous étions à nouveau dans la voiture, avec un dossier de banquette entre nous. Pourquoi n'avais-je rien tenté à l'hôtel ?

— Raconte-moi une histoire pour m'endormir, a demandé Robinson.

— Chante-moi une berceuse.

— On tire à pile ou face.

Il a perdu. Du coup, j'ai eu droit à ma chanson pour m'endormir. Robinson battait aussi le rythme sur le tableau de bord.

Elle s'appelait Axi
Gentille, un brin fugueuse
Au lieu de monter en taxi
A pris l'autoroute de Californie
'lle a plié sa caisse
Et son bout de nez avec
Sans vouloir me vanter
Qui a secouru Axi
Si ce n'est son voyou Robi.

Des éclats de rire m'ont réveillée à 4 heures du matin. Les danseuses du club rentraient chez elles.

L'une a longé la voiture et m'a regardée par la vitre. Son parfum mêlé de transpiration arrivait jusqu'à moi.

— Hé toi, tu ne peux pas dormir ici. Ils vont vous embarquer à la fourrière avec la voiture.

Robinson s'est réveillé en sursaut.

— Faut dormir quelque part, les loulous, a renchéri une seconde danseuse qui mastiquait du chewing-gum.

Robinson les a regardées comme s'il les connaissait depuis toujours.

— Merci du conseil. Mais à cette heure-ci, on n'a pas de crèche !

Les femmes ont éclaté de rire. La première a donné un petit coup de hanche à l'autre.

— Regarde-les ! Ils sont mignons ces deux-là ! Chrissy, prends-les chez toi !

Chrissy, la blonde, nous a dévisagés. Surtout Robinson.

— La Chevy blanche, là-bas, c'est ma voiture. Suivez-moi.

18

Vous imaginez mon enthousiasme à cette perspective. Et si Chrissy se révélait être une tueuse à la hache, sadique et perverse ?

Robinson m'a répondu que, d'une, le pourcentage de risque était infime, et que, deux, la perspective d'être assassiné à la hache était bien plus excitante qu'une nuit supplémentaire avec l'extincteur dans les côtes. Voilà comment on s'est retrouvés à suivre Chrissy sur le Strip, jusqu'à son modeste appartement.

— Ici ! a-t-elle lancé en montrant un canapé avachi, au milieu de son humble salon.

Les néons extérieurs renvoyaient des reflets sur ses murs nus.

— Tu dormiras là et ton petit ami s'installera sur la moquette, dans la chambre de mes enfants.

— Ce n'est pas mon copain, ai-je répondu par habitude.

Pour éviter que Robinson ne joue son petit numéro – « c'est elle qui me l'a demandé, moi j'ai refusé » –, je me suis empressée d'ajouter :

— C'est pas mon genre.

— Ah ouais ? a rebondi Chrissy, intéressée. Moi, je lui trouve un genre qui va à beaucoup de filles !

Robinson, qui tombait pourtant d'épuisement, a gonflé ses biscoteaux. Ce merveilleux idiot… Bien sûr qu'il était mon genre.

— Voyou !

— Intello !

— Vous êtes trop mignons, vous deux ! a gloussé Chrissy. Vous pourriez sortir ensemble, parce que je ne vois pas ce qui cloche.

Elle a donné une pile de couettes et d'oreillers à Robinson et l'a poussé vers la chambre de ses enfants.

— Le petit de gauche ronfle comme un sonneur. Je préfère prévenir.

Elle m'a souhaité bonne nuit comme une maman et s'est retirée dans sa chambre. Sur son canapé, j'ai longuement cogité sa remarque : qu'est-ce qui déraillait entre Robinson et moi ?

Moi non plus, je n'en savais rien. Disons qu'il y avait un tas de trucs de travers, mais lequel bloquait ?

Je n'ai pas réussi à dormir. Je ressassais. Je pensais à lui. Peu avant l'aube, je suis allée dans sa chambre, sur la pointe des pieds. Il dormait sur le côté, la main sous la joue. Je suis restée longtemps à le regarder, à compter ses respirations, à imaginer que j'entendais les battements de son cœur.

C'est ridicule, mais je ne supportais pas de ne pas être près de Robinson. Surtout maintenant que nous passions toutes nos nuits ensemble, dans ce voyage insensé qui était pourtant la-meilleure-idée-de-toute-notre-vie. Grâce à lui, je retrouvais cette joie goûtée durant l'enfance, lorsque ma famille était unie. Robinson faisait également naître en moi… une certaine urgence que je n'avais jamais éprouvée.

Comment pourrais-je revenir en arrière – être et vivre sans lui – maintenant que je touchais du doigt ces sensations ?

Je me suis glissée contre lui, j'ai réglé ma respiration sur la sienne. Est-ce qu'il le voulait autant que moi ou non ? Or, nous étions à bord du même bateau, c'est ce que Robinson avait dit. La complexité du mot « ensemble » ne m'avait jamais tant interpellée.

19

Je me suis réveillée en suffoquant. Il y avait un poids sur ma poitrine, qui me broyait le cœur et comprimait l'air de mes poumons. *Ça y est*, ai-je pensé, *voilà ce qu'on ressent en mourant.*

La pensée suivante : *Mon Dieu, je meurs sans avoir embrassé Robinson. Sauf la fois où j'avais bu de la bière, il y a des siècle, et qui ne compte pas…*

Je me suis agrippée aux couvertures, mes poumons explosaient. Mes doigts ont senti quelque chose de dur et rond – un petit genou osseux.

Il y a eu un cri, un éclat de rire et soudain le poids s'est envolé. Je me suis assise, hébétée, en clignant les yeux. J'ai vu alors un garçonnet par terre, qui me dévisageait de ses grands yeux verts.

— Je m'appelle Mason Drew Boseman, j'ai quatre ans.

— Tu dois bien peser vingt kilos, dis donc ! ai-je glapi en me frottant le sternum, qu'il m'avait enfoncé en s'asseyant.

Une petite fille marchait dans la chambre en serrant son lapin en peluche.

— C'est Lily, ma sœur. Elle a deux ans. Elle sait pas encore aller sur le pot.

— Moi, je m'appelle… Bonnie. Salut, vous deux.

Mason a rentré la tête dans les épaules, soudain timide, alors qu'il avait failli m'asphyxier. Lily me regardait, puis a mis son pouce dans la bouche.

— Bon, je vais me lever, d'accord ?

Ils me regardaient toujours. J'ai suivi l'odeur du café jusqu'à la cuisine. Je me suis arrêtée au milieu de mon « bonjour » : Chrissy, pieds nus et en nuisette de soie, comprimait Robinson contre le comptoir et l'embrassait.

Et sans aucun doute possible, il l'embrassait aussi.

J'ai fait demi-tour et me suis précipitée vers l'entrée, toute tremblante. Avais-je bien vu ? Pouvais-je avoir rêvé ? Mason m'interrogeait du regard.

J'ai compté jusqu'à vingt, toussé, fait tout le bruit possible avec mes pieds jusqu'à la cuisine. J'ai entendu des piétinements et le raclement d'une chaise sur le lino.

Cette fois-ci, Robinson était assis à table, lisant le journal comme s'il était l'homme de la maison.

— Bonjour, l'amie, m'a-t-il lancé en poussant une tasse de café fumant devant moi.

Il avait de la barbe et une trace sur la joue.

— Ton copain a fait ma vidange, tu le crois, toi ? a piaillé Chrissy, les joues écarlates.

— Ce n'est pas une métaphore ? ai-je rétorqué en fixant Robinson.

Il n'a pas relevé.

— Je me suis levé tôt. J'ai voulu rendre service.

Du Robinson tout craché. Toujours prêt à aider les autres. Apparemment, il ne perdait jamais non plus l'occasion d'embrasser – sauf quand c'était moi.

Chrissy s'était perchée sur le comptoir et le dévorait des yeux, sur le point de lui demander d'emménager sur-le-champ. Elle avait deux enfants, mais ne semblait pas beaucoup plus âgée que nous.

Mason se collait à moi.

— Tu sais, les écureuils morts peuvent te manger. Leurs dents sont très pointues. C'est cool un écureuil mort. Les dinosaures aussi. Et Batman, mais je préfère Spider-Man parce qu'il a été mordu par une araignée.

Le garçon était intarissable. Il faisait des bonds, manquant de peu mes orteils.

— Superman peut aller dans l'espace parce qu'il vole. Pas Spider-Man. Il a besoin de sa toile et comme il n'y a pas d'immeubles sur les étoiles, il ne peut pas s'accrocher.

Mason rebondissait comme une balle en caoutchouc, maintenant.

— Je vous jure, il ne prend jamais de café ! a rigolé Chrissy.

— Il est charmant, ai-je répondu en grinçant des dents.

— J'ai faim ! a braillé Mason.

— Je peux lui préparer son petit-déjeuner, ai-je proposé à Chrissy.

— Ah ? D'accord, s'est-elle étonnée.

— Tu nous as accueillis chez toi, alors…

En fait, je restais plantée là en me disant que cuisiner m'occuperait et me calmerait. J'ai donc préparé des omelettes pour la maisonnée, avec du fromage et des brins de ciboulette que Chrissy avait cultivés en pot sur son rebord de fenêtre. J'ai bien pensé cramer la sienne ou laisser des coquilles dedans, mais je me suis souvenue au dernier moment qu'elle n'était pas la seule fautive. J'avais été assez débile pour lui dire que Robinson n'était pas mon petit copain, donc elle l'avait cru libre.

Mais je ne lui pardonnais pas complètement.

— Eh ben, c'était une super idée de vous ramener chez moi, a-t-elle déclaré la bouche pleine. Je n'ai jamais mangé d'omelette aussi réussie.

— J'en fais souvent. Pourtant je ne suis pas spécialement une cuisinière.

— Elle ment ! a répondu Robinson. Elle sait tout faire. Un jour, elle sera une parfaite petite femme d'intérieur.

— La ferme !

— C'était un compliment.

— Pas vraiment, non.

— Vous vous chamaillez comme frère et sœur, a commenté Chrissy. Vos parents savent que vous êtes ici ?

— Joker ! ai-je répondu en me tournant vers la cuisinière.

— On prend des vacances, a précisé Robinson.

— OK, a soupiré Chrissy. Ça ne me regarde pas. Tout le monde a ses secrets. Mais je vous donne un conseil : quittez Las Vegas. Parce que, si vous restez, vous vous ferez coincer.

Elle a regardé par la fenêtre, celle qui donnait sur Neon Boneyard, le musée des vieux néons. Quelque chose me disait que, justement, elle s'était fait coincer ici.

Robinson était en train de sucrer son café. Nous ne nous ferions jamais prendre, même en le voulant. Il y avait une raison précise à cela – mais c'était l'un de nos secrets.

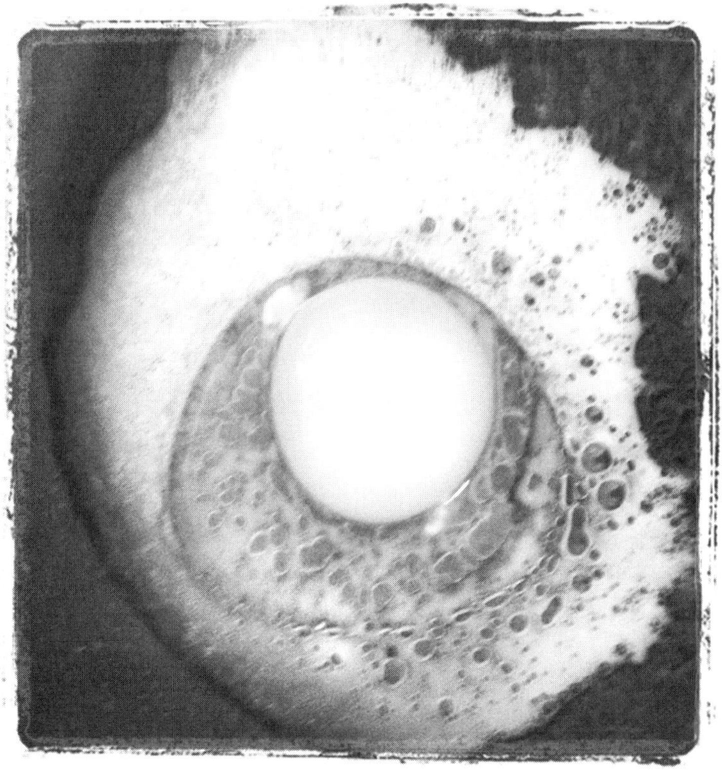

20

— JE NE VEUX PAS EN PARLER.

Voilà ce que m'a répondu Robinson quand je lui ai demandé ce qu'il cherchait dans le décolleté d'une strip-teaseuse à 9 heures du matin. (Dans la journée, cela n'aurait rien changé, nous sommes d'accord !)

— Moi, j'ai vraiment envie d'en parler.

Aussitôt le petit-déjeuner terminé, je l'avais traîné jusqu'à la voiture pour éviter que Chrissy ne nous retienne.

Fermé comme une huître, Robinson m'a dévisagée, puis a tourné les talons. Il a zigzagué sur le parking du musée du Néon, agitant la tête, comme s'il parlait tout seul.

J'étais désespérée. Étais-je folle ? Avais-je imaginé ce lien particulier entre nous ? Robinson ne recherchait peut-être que mon amitié… Si c'était le cas, et sachant que Chrissy n'avait rien d'une psychopathe, c'est moi qui mourrais de honte à petit feu.

Je transpirais. À peine 10 heures du matin et c'était déjà la fournaise. Je me suis assise sur le bout d'une chaussure métallique géante, ancien morceau d'enseigne du Silver Slipper Saloon.

Las Vegas, je te hais.

— Tu fais quoi ? ai-je fini par crier à Robinson.

Pas de réponse. Il continuait de louvoyer. Comme je ne voulais pas lui emboîter le pas, j'ai continué de détailler les vieilles enseignes. Il y en avait une qui annonçait la *Chapelle des mariages*, posée juste à côté d'une seconde affichant : *Péchés*.

Sur tous ces gens venus à Las Vegas en quête d'amour ou de fortune, le pourcentage de ceux qui avaient trouvé l'un ou l'autre était ridicule…

Robinson a réapparu. Il parlait de nouveau, mais ce qu'il me disait ne m'intéressait pas. Je l'écouterais quand il m'expliquerait le baiser de la cuisine. Je poursuivais donc mon observation des enseignes : *Pépite d'or*, *Joe's Longhorn Casino*…

Robinson m'a attrapé le bras pour que je me tourne vers lui.

— Le truc à propos d'un Boxster, c'est que ça bouffe du pneu, surtout si t'abuses de l'embrayage. Mais comme on ne le gardera pas longtemps…

— Je ne sais pas de quoi tu parles.

— De Porsche, Axi, a-t-il soupiré. On va prendre une Porsche. Celle qui est là-bas. C'est un vieux modèle, sans mouchard à l'intérieur. Pas facile de voler des caisses qui envoient leur position à la police, tu piges ?

— On en a déjà une.

— Elle est nulle. Il en faut une mieux.

— Je ne veux pas voler une autre voiture.

— Oh ! Ma petite chérie d'amour, ce n'est pas toi qui le feras ! a-t-il achevé, hilare.

Hop, il s'est volatilisé. J'étais rouge de colère sous le ciel laiteux du désert, et lui, il était fou à lier – *il embrasse la première venue et m'appelle sa chérie d'amour ?*

Une voiture noire s'est arrêtée devant moi dans un crissement de pneus.

— Monte ! a crié Robinson.

Oserait-il partir sans moi si je ne montais pas ? Honnêtement, il en avait l'air. C'est dans ces moments-là que Robinson était un mauvais garçon, ce que mon père avait toujours soutenu.

À peine ma ceinture attachée, le moteur vrombissait et nous filions sur la route. En quelques secondes, Robinson roulait déjà à cent à l'heure.

— C'est ça, abuser de l'embrayage, au cas où tu t'intéresserais…

— Je m'en fiche.

On quittait Las Vegas, ses lumières clignotantes et ses promesses brisées. À vive allure.

— Ralentis !

— La vitesse n'a jamais tué personne, a rigolé Robinson. Toi, c'est plutôt la paralysie qui t'attend !

— Ouais, et toi, c'est un tas d'autres choses qui t'attendent.

C'était au tour de Robinson de m'ignorer royalement. Il a commencé à siffler *Born to Run* de Bruce Springsteen, en boucle, pour que je le supplie de se taire.

Mais un gyrophare a surgi derrière nous, du coup, il s'est arrêté tout seul.

51

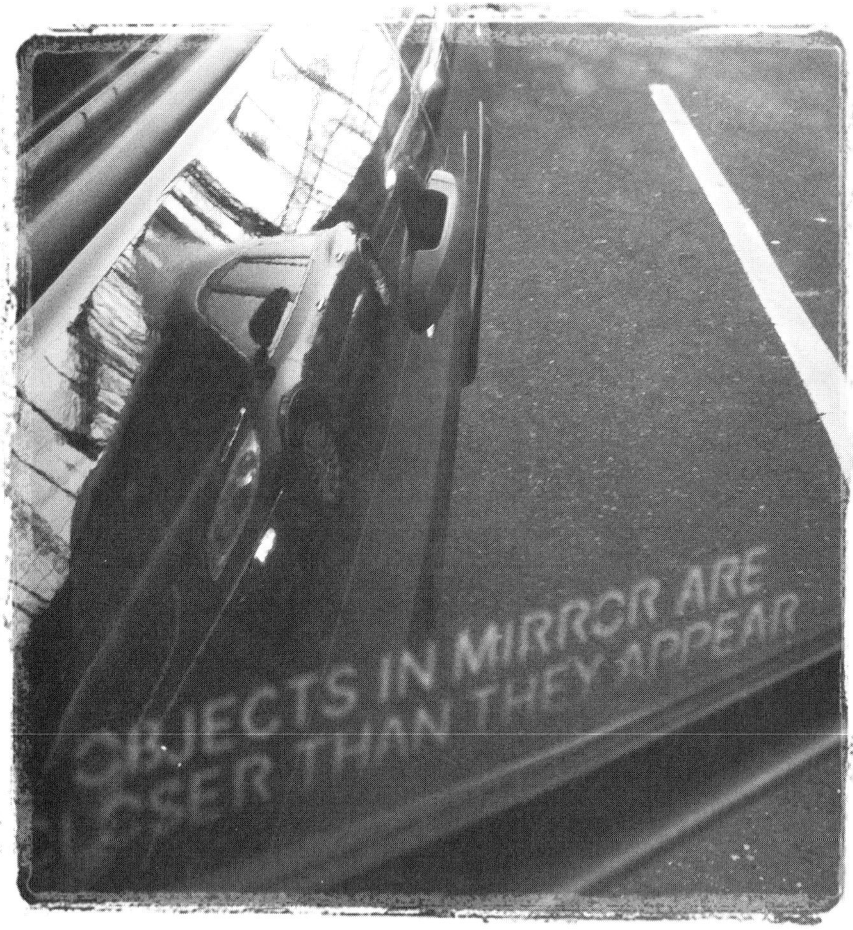

« Les objets dans le miroir sont plus proches qu'ils ne paraissent »

21

***Les objets dans le miroir sont plus proches** qu'ils ne paraissent.* C'est ce qui est écrit sur votre rétroviseur, mais je vous garantis, lorsqu'il s'agit d'une voiture de police, elle est déjà bien trop près.

— Robinson ! ai-je hurlé, paniquée.

— Ils n'en ont peut-être pas après nous. J'étais juste à trente kilomètres heure au-dessus de la limite de vitesse. Zut alors ! Ici, t'es un branque si tu roules moins vite. On est à Las Vegas, baby, tout est légal, sauf le respect civil.

Je devinais au son de sa voix qu'il n'y croyait pas une seconde, mais il voulait me rassurer. Comme toujours.

— Rangez-vous à droite ! a commandé une voix crachotante, amplifiée par le mégaphone.

Robinson surveillait son compte-tours, comme s'il hésitait à accélérer pour larguer la patrouille.

— N'y pense pas une seconde, Robinson. Fais ce qu'il demande.

— Où est passée ma Bonnie ?

— Bon Dieu, Robinson, on n'est pas dans un film. C'est la vraie vie. Range-toi !

J'étais prête à braquer le volant vers la droite, mais Robinson a ralenti, enclenché ses feux de détresse et obliqué vers la bande d'arrêt d'urgence.

— Voilà ! Tu vois, je sais obéir, moi aussi.

La tête dans les mains, j'étais effondrée. On nous prenait la main dans le sac. Je voyais déjà la une des journaux, l'avocat commis d'office, l'infâme tenue orange réservée aux repris de justice. Étais-je assez âgée pour être jugée comme une adulte ?

— Ça va aller, a dit Robinson.

Menteur.

L'officier de police s'est posté du côté conducteur. De ma place, je ne voyais que sa ceinture et sa bedaine.

— Papiers, permis de conduire.

Même pas « s'il vous plaît ».

— Monsieur ? Y a un problème ?

— Papiers de la voiture et permis de conduire !

— J'étais embarqué dans une file de voitures, a tenté Robinson d'une voix doucereuse. Peut-être que j'allais un tantinet trop vite…

— Vos papiers !

— Il a vraiment un vocabulaire limité, m'a chuchoté Robinson en gloussant, à ma plus grande horreur.

J'étais blême. Robinson faisait mine de chercher les papiers dans la boîte à gants, avec de grands gestes.

— Hum, ces papiers se cachent quelque part…

Le policier commençait à pianoter sur le toit de la voiture. Puis il s'est penché et nous a observés. Ses yeux étaient rétrécis, méchants, il avait la bouche pincée.

— Ça court pas les rues les gosses qui ont les moyens de rouler en Porsche. Avec des parents qui leur apprennent à la conduire, en plus. Mais les enfants gâtés, ça n'écoute pas papa maman, n'est-ce pas ?

C'était la première fois de ma vie qu'on me traitait de gosse de riches.

— Je préfère quand il se tait, a murmuré Robinson.

Il a enfin tendu son permis de conduire. Le policier a aussitôt réclamé la carte grise.

— Monsieur, il y a erreur. Je suis vraiment désolé d'avoir roulé un peu vite. Si vous nous laissez partir, je vous promets que je ne recommencerai plus.

— Ben voyons ! Je l'ai déjà entendue c'te bonne blague ! a ricané l'agent, un brin philosophe. Le problème avec les gosses de riches, c'est que leurs parents oublient de les éduquer. Heureusement, y a la loi. Et la loi adore donner des leçons.

Robinson était un charmeur-né. Je l'avais entendu baratiner pour éviter les heures de colle, pour entrer dans les fêtes à Hollywood et pour plein d'autres trucs encore. Maintenant, il prenait son air de celui qui n'en croit pas ses oreilles.

— Bien sûr, monsieur, je vous comprends parfaitement. Je vais juste devoir sortir du véhicule, parce que mon portefeuille est sous mon siège et je ne peux pas l'attraper. Vous m'autorisez ?

Le policier a reculé. Robinson a pressé ma main.

— Bonnie, a-t-il murmuré.

— Quoi ?

Il était déjà sorti. J'avais encore la marque de ses doigts sur ma peau.

Je le voyais par la vitre. Robinson tenait ses mains en l'air, pour afficher sa bonne volonté. L'instant d'après, il y a eu un mouvement rapide, un grognement et un cri de rage.

— Bonnie, sors de là, j'ai besoin de toi !

Sans réfléchir, j'ai obéi. Alors j'ai vu l'amour de ma vie – ce voleur de voitures, ce hors-la-loi, ce don Juan de stripteaseuses – en train de pointer un revolver tout droit sur la figure du policier.

Mes genoux ont flanché. J'ai dû m'appuyer contre la Porsche pour ne pas tomber. La lumière du désert se reflétait dans le métal de l'arme. *Non, pas possible. Je suis dans un mauvais rêve, une scène de film, j'hallucine, un truc comme ça.*

Robinson a légèrement tourné la tête vers moi et m'a fait, je le jure devant Dieu, un clin d'œil.

Ma mâchoire s'est décrochée. Je l'avais toujours trouvé un peu timbré, mais maintenant, il était franchement givré. J'ai remarqué son petit sourire en coin qui me disait : *Ce n'est qu'un jeu, Axi, personne ne sera blessé.*

J'ai fait un pas vers eux, en priant pour qu'il ait raison.

— Je suis désolé d'en être arrivé là, monsieur, mais vous ne m'avez pas laissé le choix.

Le policier était rouge tomate et dégoulinait de sueur. Il n'ouvrait pas la bouche, fulminait de colère et semblait avoir perdu la parole.

J'ai regardé la route des deux côtés. Personne. Je n'avais jamais été aussi heureuse que Robinson emprunte un axe secondaire.

— Bonnie, les menottes, mets-les-lui.

Gauche et tremblante, je me suis exécutée. Quand j'ai refermé le métal sur son poignet, le policier a tressailli.

— Oups, désolée. C'est trop serré ? Je ne sais pas bien comment ça se règle.

Le policier est devenu encore plus rouge.

Robinson ne tenait pas en place tellement il était nerveux. Quelqu'un pouvait débouler d'un instant à l'autre.

— Je vous le répète, monsieur, je suis vraiment navré, mais nous sommes en mission. On ne peut pas s'arrêter. C'est une question de vie ou de mort.

Le policier s'est raclé la gorge, comme s'il allait parler, mais quand il a ouvert et tordu la bouche, ce fut pour cracher. Un gros mollard blanc sur la botte de Robinson.

— Oh ! C'est grossier, ça !

Comme si le policier allait se montrer poli. Je me suis demandé si Robinson ne s'était pas cogné la tête lors de mon accrochage à L.A. – et ça la lui aurait détraquée.

— Sales mômes, vous n'imaginez pas le pétrin dans lequel vous vous fourrez, a soudain braillé le policier.

Sa hargne et son visage écarlate me flanquaient la trouille. J'arrivais à peine à le regarder.

Le problème, ce n'était pas le policier… mais nous. Les ados hors la loi.

J'étais terrorisée de ce que nous étions devenus en si peu de temps : on venait de menacer un représentant des forces de l'ordre avec sa propre arme et on lui avait passé ses propres menottes !

Comment notre voyage avait-il pu déraper à ce point alors que je l'avais planifié dans les moindres détails ?

Et pourquoi est-ce que je… m'en fichais complètement ?

Tout d'un coup, je me suis sentie ragaillardie. Invincible. L'heure était venue de faire un véritable choix pour le restant de mes jours, même si je mourais de trouille.

Je me suis redressée, j'ai levé les yeux sur le policier.

— On ne sera pas pris, lui ai-je dit.

Ma voix était ferme. C'était une promesse. Une prière. Un vœu.

22

Robinson a reculé d'un pas, le policier toujours en joue.

— Bonnie, c'est toi qui vas conduire sa caisse… Je ne lui ai pas encore appris à débrayer ! a-t-il ajouté à l'intention du policier.

J'étais totalement sonnée, mais je me suis installée derrière le volant de la voiture de police noire et blanche. Pédales, clignotants, contact. C'est bon, je m'y retrouvais. Robinson a poussé le policier à l'arrière. Dieu merci, il y avait une vitre de séparation parce que, même menotté, le molosse me pétrifiait. Si ses yeux avaient lancé des balles, j'aurais été raide morte.

— Ça va aller ? m'a demandé Robinson, passant la tête par la vitre avant.

J'ai posé mes deux mains sur le volant, à 10 h 10. J'ai essayé d'oublier ma crise cardiaque.

— On dirait qu'il n'y a pas trop de parcmètres…

Grand sourire de Robinson. C'était totalement déplacé, mais j'en avais besoin.

— T'es géniale ! Maintenant, suis-moi.

Il est monté dans la Porsche, a roulé sur une centaine de mètres et a bifurqué à gauche, sur une route défoncée que l'on a suivie pendant quelques kilomètres. Il n'y avait rien d'autre que de la poussière et de la broussaille.

Je ne regardais surtout pas dans le rétro, pour éviter le regard revolver. J'étais tellement tendue depuis un quart d'heure que ça m'aurait fait perdre les pédales et flanquée dans le décor. Alors je m'agrippais au volant, les articulations toutes blanches à force de le serrer.

Quand Robinson a stoppé, j'ai freiné trop brutalement et suis sortie de la voiture en oubliant le frein à main.

— Holà ! a lancé Robinson en me rattrapant par le coude. Il est toujours coincé à l'arrière ?

— Nan ! Je l'ai relâché, crétin.

J'ai dégagé violemment mon bras. *Respire, Axi.*

— Pardon. C'est les nerfs.

— On s'en va, a répondu Robinson.

— Mais…

J'ai regardé le policier, sagement assis dans sa voiture. Je croyais l'entendre jurer.

— T'inquiète pas. Quelqu'un finira par le trouver.

Il m'a montré du doigt des baraques de chantier, ou un mirage. Tout était plat autour de nous. Le désert était vide. Même pas un cactus.

Robinson m'a prise par le bras pour m'emmener vers la Porsche. Une fois dedans, il a fait rugir le moteur et on a déguerpi dans un grand nuage de poussière qui a gonflé si haut qu'il cachait notre forfait.

— On va devoir larguer la Porsche, m'a-t-il dit en revenant sur la route principale.

« Avez-vous pensé à verrouiller votre véhicule et à fermer vos fenêtres ?
Ne laissez pas d'objets de valeur à l'intérieur. Soyez vigilants. »

On retournait en ville.

J'ai commencé à trembler de tout mon corps. Mes jambes tressautaient, mes dents claquaient. Est-ce qu'on l'avait vraiment fait ?

— Robinson…

— Quoi ?

Il m'a regardée d'un air soucieux.

— Je ne peux pas voler encore une voiture. À cause des nerfs…

— Aucun problème, Axi. Retour au plan A.

— Je ne m'en souviens même plus.

— Voyons ! L'autocar et son bouillon de culture ! Parce que je ne sais pas pour toi, chérie, mais tout d'un coup, j'ai des démangeaisons partout !

Robinson riait comme un dément.

— Dis-moi, honnêtement : est-ce que tu as perdu la boule ?

Comme toujours, Robinson a ignoré ma question. Il a foncé sur une gare d'autocars, en bordure de la ville.

— On y est ! Ticket pour la méningite bactérienne !

On a attrapé nos sacs à dos et laissé la Porsche sur une voie de secours. Je voulais m'enfuir au plus vite. Je n'ai pas pris le temps d'écrire un mot de remerciement au propriétaire, ça valait mieux. Maintenant qu'on était des criminels patentés, autant laisser le moins de traces possible derrière nous.

La gare routière était sombre, froide et crasseuse. Toute mon adrénaline s'était envolée, j'avais envie de me rouler en boule dans un coin.

— On va où ? On était censés aller au parc de Great Sand Dunes…

— Intéressant. Ces fameuses dunes de sable sont proches d'Alamosa, dans le Colorado, c'est ça ?

— Comment tu le sais ?

— Ma chère, l'autocar qui y va part dans quelques minutes. Tu vois ? C'est écrit là. La chance du voyageur est avec nous.

Il s'est dirigé vers le guichet en sortant son portefeuille.

Était-ce aussi simple que ça ?

— Je croyais qu'on disait « avoir une chance d'Irlandais »… ai-je remarqué d'une petite voix.

— Qu'est-ce que ça peut faire ! m'a répondu Robinson. On a une monture. Sache que ma grand-mère était une Irlandaise de Cork !

Il m'a bluffée, parce que Robinson ne parle jamais, jamais de sa famille.

— Et pour le flic ? ai-je demandé en le rejoignant. On ne peut pas l'abandonner. Il faut téléphoner.

— Je croyais que ton côté BG, c'était fini ?

Je n'arrivais pas à déterminer s'il plaisantait ou non.

— Je veux juste être sûre qu'il ne fera pas une crise cardiaque ou une insolation.

Il y avait une vieille cabine téléphonique. J'ai dégoté des pièces au fond de ma poche. À la dame qui a décroché, j'ai expliqué que, en faisant du cheval, j'étais tombée sur une voiture de police perdue au milieu de nulle part. Je jouais les idiotes, mais j'ai donné suffisamment de détails. Elle m'a demandé mon nom.

— Carole Ann, madame.

— Tu as très bien fait, Carole Ann.

Si vous saviez, madame.

« Gare routière »

23

En prison, seul le coupable dort du sommeil du juste, c'est bien connu. Il est à sa place, finalement. Alors que l'innocent compte les heures en fixant le plafond.

On ne nous a pas mis en prison, Robinson et moi, puisque que nous sommes partis en autocar. Mais le Greyhound m'a semblé aussi inconfortable, puant et confiné qu'une cellule doit l'être. Au bout de cinq minutes, Robinson posait sa tête sur mes genoux et s'installait pour dormir.

Coupables. Nous sommes tous les deux coupables.

Pendant un moment, j'ai regardé le paysage défiler, plat et aride. Je n'arrivais toujours pas à croire à l'enchaînement dramatique des derniers événements. Il y a quelques heures encore, l'attitude de Robinson avec Chrissy était mon nœud gordien. Maintenant ? Tentative d'agression, vol aggravé, et pire encore.

Sur le coup, notre réaction avait du sens. Nous devions le faire. Voler une Porsche, saisir l'arme du policier, le menotter et l'abandonner semblaient la seule échappatoire à la maison d'arrêt, évidemment.

Mais après réflexion…

La réalité me tomba dessus comme une enclume. Bon sang, mais qu'est-ce qu'on avait fichu ? C'était censé être un voyage, une rigolade, et ça tournait à l'escalade de délits. Quel serait le prochain ? Chaparder la monnaie d'un gamin ? Braquer une banque ?

Devant nous, une vieille dame tricotait. J'entendais le *clic clic* de ses aiguilles. De temps à autre, elle se retournait et me souriait entre les sièges. Au début, je retournais le sourire, mais ensuite, cela m'a rendue nerveuse. Se doutait-elle de quelque chose ? Lisait-elle la culpabilité sur mon visage ? Était-elle au service de la police du Nevada, malgré son âge ?

J'ai secoué Robinson pour le réveiller. Ronchon, il s'est assis en se frottant les yeux.

— On ne recommence plus jamais un truc pareil, OK ? Jamais.

Il a passé la main dans sa tignasse ébouriffée et soupiré.

— Je sais, Axi. Tu crois vraiment que je voulais ça ? Tu sais bien que ça ne me ressemble pas. Mais on ne pouvait pas le laisser nous arrêter.

Il m'a regardée de ses yeux sombres frangés de longs cils. Il voulait être certain que je comprenais l'inéluctabilité de la chose.

— Je ne veux pas que ça s'arrête, Axi. Pas maintenant. Et toi ?

Moi non plus. Je voulais continuer avec lui pour toujours, sauf que je souhaitais plus de baisers et moins de délits.

— Et si nous…

— Non, Axi. Pas de « si ». Ce qui est fait est fait.

— Tu parles comme ma mère. Qui, je l'ai réalisé plus tard, débitait des milliers de conneries.

Il a ri et fait coucou à la vieille dame qui nous observait de nouveau.

— C'était de la pure folie, j'avoue. Mais c'est fini. Ça va aller maintenant. Irving Berlin, ce fantastique parolier, a écrit : *There's nothing but blue skies**. Pense au bleu du ciel, Axi.

Je sais que je suis une idiote, une vraie de vrai, mais les paroles de Robinson m'ont fait du bien.

---

* « Rien de plus beau qu'un ciel bleu. »

Il a écarté une mèche de cheveux qui me tombait sur les yeux.

— Je ne veux surtout pas qu'il t'arrive du mal, Axi. Je n'ai jamais mis les pieds en prison, mais je suis sûr que ce n'est pas l'endroit rêvé.

— Pire qu'un service de cancérologie pédiatrique, tu crois ?

Robinson était tout pâle. Il a reposé sa tête sur mes genoux.

— Je te le promets. On ne recommencera plus jamais.

— Jure-le ! ai-je demandé en tendant mon petit doigt.

On a juré.

— Axi ! a-t-il lancé en me regardant par en dessous.

— Quoi ?

— Je suis désolé pour Chrissy. Elle m'a sauté dessus, ça m'a pris par surprise. Je n'ai pas osé être grossier.

J'ai soupiré. Robinson est le seul mec sur terre capable de sortir une excuse bidon et de réussir à me convaincre.

— Ouais. Je sais que tu détestes les mauvaises manières.

— C'est vrai, Axi. La grossièreté, c'est… grossier, a-t-il répondu, à moitié endormi.

L'esprit plus léger, j'ai posé ma tête contre la vitre et j'ai sombré aussi.

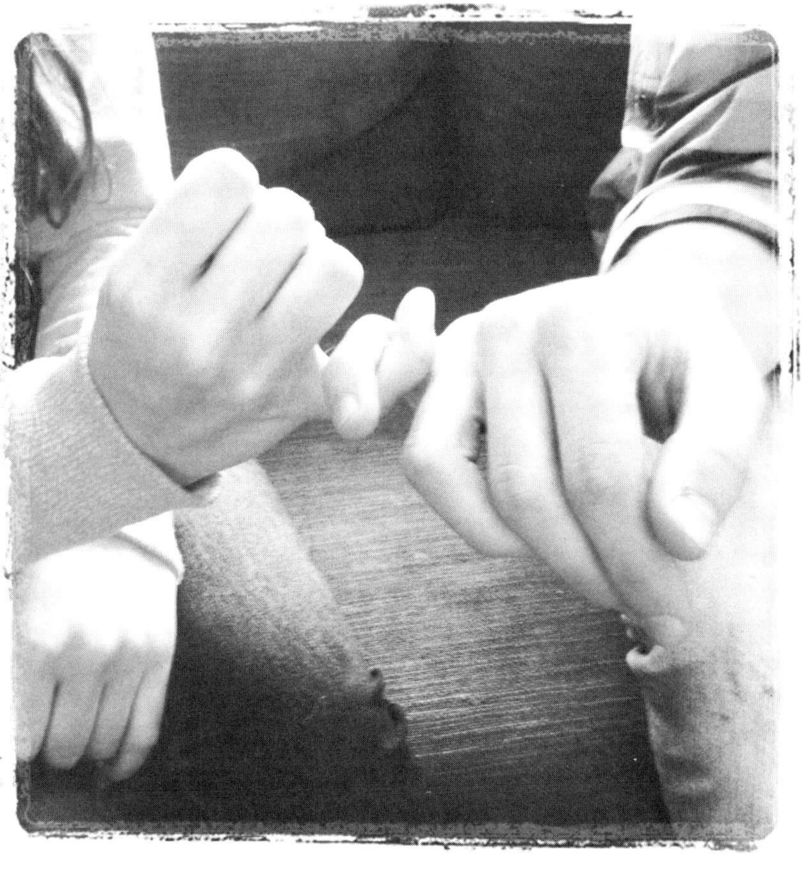

24

NOUS SOMMES DESCENDUS DU CAR À Alamosa. Ensuite, sur le bord de la route, nous avons tendu le pouce, avec l'air le plus innocent possible, pour faire du stop. Comme cela ne marchait pas, Robinson m'a dit qu'il était temps de montrer mes jambes.

— Fais-le toi-même ! C'est toi le champion des charmeurs.

(Et surtout, je ne m'étais pas rasé les jambes depuis notre départ !)

— Avec le policier, ça a raté…

Finalement, un vieux monsieur gentil, au volant d'une El Camino, s'est arrêté. On lui a dit qu'on allait au parc des grandes dunes, il nous a déposés devant l'entrée des visiteurs. Il n'a pas voulu les dix dollars qu'on lui proposait pour l'essence.

C'est plutôt lui qui m'a glissé un billet de vingt dollars au moment où je tirais mon sac à dos.

— Dînez dans un resto. Faut de la viande pour la charpente.

Il a regardé avec mélancolie les dunes dorées tranchant sur les montagnes bleues encapuchonnées de neige.

— Si ma Meg était encore de ce monde, je l'aurais appelée pour qu'elle enfourne un rôti…

Ses yeux semblaient perdus dans le passé. Il s'est secoué.

— Allez. Soyez prudents, les p'tits gars.

Et il est parti.

Son départ m'a laissé une sorte de tristesse. Robinson, qui s'était éloigné vers un point de vue, me faisait des signes.

— Viens ! C'est comme si on avait déplacé un bout du Sahara pour le déverser dans le Colorado !

— Incroyable !

J'ai pris une photo, tout en sachant qu'elle serait bien fade.

— Pourquoi des gens vivent à K Falls, quand il y a des coins pareils ? ai-je philosophé.

— Excellente question ! On ne devrait jamais revenir ! a-t-il lancé, bras grands ouverts, comme pour embrasser le paysage.

Son idée lui plaisait énormément.

On a pris un sentier vers les dunes. Ce n'était pas facile de marcher dans le sable fin : les pieds s'enfonçaient. Robinson haletait et suait derrière moi. Près du sommet, le vent s'est levé, projetant un tourbillon de sable.

— Un vrai nettoyage abrasif ! a plaisanté Robinson. Y en a qui payent cher pour avoir la même chose dans un salon de beauté.

— Le verre est toujours à moitié plein, pour toi !

Robinson et son optimisme légendaire, une fois de plus. J'aurais volontiers souri, mais le sable dans la bouche, c'était trop désagréable.

Nous sommes arrivés à un endroit merveilleux, à couper le souffle (mis à part le sable collant). Des gens grimpaient sur des dunes voisines, puis les dévalaient sur des sortes de luges. Leurs cris de joie parvenaient jusqu'à nous, dans l'air surchauffé et tremblotant.

Robinson s'est mis à chanter et à jouer sur une guitare imaginaire *Even castles made of sand**…

— C'est de Jimi Hendrix, a-t-il précisé pour moi.

— Je sais ! Mon père a le disque.

---

* « Même les châteaux sont de sable… »

Au-delà des dunes, les prairies étaient couvertes de fleurs jaunes. J'ai brandi mon appareil pour nous prendre en photo, souriant et rigolant, dans ce coin du monde.

On aurait dû redescendre à pied, mais je suis tombée sur une vieille luge en plastique, à moitié enterrée. Une lueur s'est allumée dans les yeux de Robinson.

— Est-ce que tu penses comme moi ? ai-je demandé.

Oui. J'en étais certaine.

Je suis montée devant, Robinson est resté debout, les mains sur mon dos. Il a commencé à courir en me poussant, puis a sauté sur la luge. Il m'a enlacé la taille et s'est caché la tête dans mes cheveux. Le sable me giflait la figure, mais je m'en fichais : je hurlais de joie.

Arrivés en bas de la dune, on était pantois.

— Waouh ! a dit Robinson.

— Pourquoi vouloir de la neige ? On recommence ?

Bien sûr qu'on a recommencé.

Pendant une heure, on s'est étourdis à monter et descendre comme des bolides. Combiné à la chaleur, ça nous a crevés. On était exténués.

— Je meurs de soif, et j'ai le nez cramé ! a dit Robinson en tombant à mes pieds.

— Ce qui embellit le désert, c'est qu'il cache un puits quelque part…

— Quoi ?

— C'est le Petit Prince qui l'a dit.

— Toi et tes bouquins…

— Ça ne te tuerait pas d'en lire un.

— On ne sait jamais ! Alors, il est où ce puits ?

J'ai sorti une bouteille d'eau de mon sac et la lui ai tendue. Il l'a vidée en quelques secondes.

— Heureusement que j'en ai une seconde, sinon ça aurait été super égoïste de ta part, voyou.

— Je te connais. Tu en as forcément deux ! Moi, je dors maintenant. Réveille-moi à 10 heures.

Il a posé un pull sur ses yeux et s'est endormi, comme ça, dans le sable.

***

On s'est débarrassés du sable en se lavant dans le Medano, glacial et transparent, puis on a monté notre tente dans le campement tout proche. Après le dîner – du chili en conserve réchauffé au feu de camp – on a rangé notre nourriture dans le grand conteneur anti-ours.

La nuit est tombée brusquement, comme si quelqu'un avait soufflé la bougie du soleil. Les étoiles se sont allumées dans le ciel. Je n'en avais jamais vu autant. J'étais fascinée, incapable de parler.

— Axi, ça fait longtemps que j'ai envie de t'avouer quelque chose.

— Quoi donc ?

— Tu vises comme une fille !

— T'es qu'un abruti !

Et j'ai ramassé la boîte de chili vide, m'apprêtant à la lancer.

— Je plaisante ! C'était la dernière réplique de *Sahara*, le film. Et comme on a passé la journée dans le désert…

J'ai reposé la boîte. De toute façon, j'étais trop crevée pour lancer quoi que ce soit. J'ai bu, regardant le corps longiligne de Robinson dans l'obscurité et me disant que la soif s'exprimait sous différentes formes.

25

LE LENDEMAIN DÈS L'AUBE, ON A VOLÉ UN pick-up. Le soleil, grosse boule dorée, montait par-dessus les montagnes.

C'est fou, comment puis-je me montrer aussi détachée ?

En fait, Votre Honneur, nous avons d'abord mangé des Granola pour le petit-déjeuner et ensuite volé une Chevy, au cas où la cour souhaiterait entendre les détails.

Si je me retrouve face à un juge, il me posera forcément la question suivante : « Vous vous êtes crus invincibles, à deux ? » Je le regarderais droit dans les yeux et répondrais, « Non, monsieur, c'était plutôt tout l'inverse. »

La voiture empruntée était bruyante et brinquebalante. La radio était coincée sur les fréquences AM.

— Faudrait changer le pot d'échappement sur cette bagnole. Y a peut-être même une fuite ailleurs sur le circuit, a grogné Robinson.

— Génial, une guimbarde. Hé, c'est Elvis, là ?

— *Love me tender, love me true**... a d'abord chanté Robinson, avant de s'interrompre pour déclarer : Ouais !

---

* « Aime-moi tendrement, aime-moi vraiment... »

J'ai pas franchement eu le temps de faire une révision complète avant de la voler, hein !

Vexé, le Robinson ?

— Bref, mademoiselle Moore, dans la vie, pour pimenter, il faut de la variété. On changera à la prochaine étape. Elle serait bien gentille de dire à son chauffeur où il doit aller, d'ailleurs.

J'avais prévu Detroit. À plus de deux mille kilomètres de là.

— On peut s'arrêter en route pour voir la plus grande balle fabriquée en timbres. Et Carhenge. Et le musée Hobo.

On allait au nord-est, vers le Nebraska. À l'ouest comme à l'est, les gens l'appellent le « pays-toboggan », celui qu'on traverse sans s'arrêter.

— Carhenge ? a relevé Robinson. C'est comme Stonehenge, mais avec des voitures ?

— Trop fort, le mec !

Mais je me suis excusée, car ça l'avait vexé.

J'étais d'humeur ronchon, parce que j'avais peu dormi. Non pas que notre tente soit mini ou le sol trop dur, mais à cause de Robinson. Que faire de lui ? De nous ? On avait traversé beaucoup d'épreuves – notre aventure commune avait commencé bien avant ce voyage. N'était-il pas temps de lui parler de mes sentiments (même si je ne savais pas trop comment les décrire) ?

J'avais réfléchi un long moment à mon discours, à mes phrases et, finalement, ça s'était terminé comme avec mon père : rien.

Exemple : *Robinson, je crois que je t'aime depuis notre toute première rencontre* (sauf que ce jour-là, on m'avait bourrée de calmants, alors j'aimais tout le monde). *Quand je te regarde, je me vois, mais en dix fois mieux* (euh… mais je ne veux pas m'embrasser moi-même). *Je ne sais pas ce que je ferais sans toi dans ma vie* (je ne volerais pas de voitures, déjà).

Quelle fille stupide et bornée. Par surprenant que je n'arrive pas à écrire la moindre ligne de mon roman, je n'étais même pas fichue d'expliquer à un garçon que je l'aimais. Qu'à chaque fois que je plongeais dans ses yeux, je me noyais et me sentais sauvée tout à la fois. Si

j'avais à choisir entre mourir demain et passer le reste de ma vie sans lui, je réfléchirais sérieusement à la question de la mort instantanée.

J'avais peur de ce que je ressentais. Mais était-ce la seule raison qui me bloquait ? Ou bien étais-je pétrifiée à l'idée qu'il ne partage pas les mêmes sentiments ? Oui, voilà bien ce qui me glaçait d'effroi.

Alors qu'on roulait sans échanger une parole, dans ce matin clair, je mourais d'envie de me glisser contre lui. Poser ma main sur sa cuisse et le sentir frissonner. Je voulais lui dire : *Range-toi et embrasse-moi.*

J'ai pris une grande inspiration. Je ne pouvais pas m'approcher comme une dégonflée, centimètre par centimètre. J'allais opérer une grande manœuvre. *Tout ou rien, Axi. Vas-y.*

J'ai fermé les paupières pour réciter une petite prière au dieu des amoureux, Cupidon, Aphrodite ou Justin Bieber, au choix : *S'il vous plaît, faites que ce ne soit pas une terrible méprise.*

Quand j'ai rouvert les yeux, la fourgonnette déviait à droite.

— Robinson ?

On frôlait le bas-côté. Il ne répondait pas. Son visage était tellement pâle qu'il semblait bleuté. Il a commencé à tousser. Une toux rauque, caverneuse, qui montait du plus profond de son être.

Il m'a regardée, les yeux affolés.

Et soudain, il a vomi.

Du sang.

— Arrête-toi, Robinson ! ai-je hurlé en saisissant le volant.

On était complètement à droite de la chaussée. Il a réussi à couper le moteur tout en vomissant. Les voitures qui nous dépassaient faisaient trembler l'habitacle.

— Mon Dieu, Robinson.

Mes mains en creux essayaient de recueillir son sang, comme si elles allaient stopper le flot pour le remettre à l'intérieur.

Je pleurais.

Après un temps infini, atroce, Robinson a cessé de tousser. Il s'est essuyé la bouche avec sa manche.

— C’est bon. Y en a pas beaucoup. Je vais bien maintenant.

Mais je le savais : Robinson n’allait pas bien.

Et il était fort possible que moi non plus, je n’aille pas bien.

« Ne pas dépasser »

Seconde partie

« Entrée des urgences »

26

VOILÀ, MAINTENANT, SOUS LE CIEL DU Colorado si bleu qu'il me blessait les yeux, nous étions rattrapés par la terrible réalité. Vous pouvez comploter pour votre escapade, vous enfuir loin de votre ancienne vie et de votre famille, foncer sur une autoroute dans une voiture volée, mais on n'échappe pas à certaines réalités.

Comme le cancer. Parce qu'il vous rattrape le long du chemin.

J'ai réussi à conduire la voiture pendant quarante-cinq minutes jusqu'à l'hôpital de La Junta. Robinson était allongé, la tête posée sur moi. Par moments, je passais ma main dans ses cheveux et lui murmurais que cela irait bien. Mais comme il n'y avait pas de direction assistée, je reprenais vite le volant à deux mains.

Je n'étais pas sûre que cela irait bien. Pas du tout même.

La salle d'attente du petit hôpital était glaciale, avec des lumières fluorescentes qui donnaient aux visages une apparence de poisson mouillé pas frais. Robinson tremblait, appuyé sur moi. Comme une large tache de sang couvrait son T-shirt, il a reboutonné sa chemise.

— Sinon, ils vont croire que j'ai été poignardé !

— C'est peut-être pas mauvais en soi.

Quatre autres personnes attendaient déjà, et elles avaient l'air d'être ici depuis un bon moment.

— Faut que je m'asseye, a dit Robinson.

La dame derrière le comptoir m'a regardée approcher d'un air soucieux. Peut-être qu'elle décelait de la peur chez moi – ou alors, elle se disait que j'étais une SDF ou une droguée. En voyant mon reflet dans le miroir au-dessus d'elle, j'ai compris.

— Je peux vous aider ?

Le nom inscrit sur sa blouse était Debbie.

— Mon ami est malade.

Je lui ai montré Robinson, recroquevillé sur une chaise, dans un coin. La scène des vomissements se jouait en boucle dans ma tête. Un vrai cauchemar.

— On a bipé le médecin, a dit Debbie. Vous aussi, vous avez besoin de le voir ?

— Non, je vais très bien.

En vrai, j'étais au bord de l'évanouissement, tellement j'étais crevée et inquiète.

Je suis retournée près de Robinson et on a attendu pendant des heures. Un vieil homme, le bras dans le plâtre, s'est penché vers moi.

— Le samedi matin, les médecins et les autres sont à la pêche.

Pas de docteur. Et quand on en aurait un, ce seraient examens sanguins, ponctions pour biopsies, tomographies, scanners… À l'idée d'entendre tout cela, j'avais envie de m'enfuir pour me cacher.

— Bonjour l'Amérique profonde, bienvenue au patelin, Axi. Là où le bowling et l'association des bénévoles du coin comptent plus de têtes de pipe qu'à l'hôpital.

— T'inquiète pas, Robinson. Le médecin va arriver. On pourrait regarder la télé ? T'as pas eu ta dose quotidienne ces derniers temps.

— Si seulement tu avais un Slim Jim ou des Oreos, le monde serait parfait.

J'ai essayé de frotter une tache de sang sur son col.

— Faudrait vraiment que tu manges mieux que ça.

— Ouais. Je me retrouve aux urgences parce que j'ai consommé trop de Slim Jim et pas assez de télé, m'a-t-il répondu, d'un ton narquois.

Si seulement c'était vrai. Je me suis brièvement raccrochée à l'espoir que le médecin guérisse Robinson avec une cuillère de Maalox pour qu'on file aussitôt à Saint Louis voir la plus grande pelote de ficelle du monde. Mais il avait vomi du sang très foncé, presque couleur café. Je savais que cela provenait de ses voies intestinales, où était logé son cancer.

À la télé, une présentatrice faisait l'article en vantant les mérites de figurines d'animaux qu'elle tenait entre ses longues griffes rouges, avec un sourire de rigueur, découvrant ses dents ultra blanches.

— Allez, Robinson, avoue que tu adores son éléphant de jade !

Pourquoi parler de cochonneries *made in China* et de malbouffe ? L'éléphant dont on aurait dû parler était ici, dans la pièce : les globules, les plaquettes de Robinson, sa maladie qui n'avait aucun rapport avec son alimentation.

D'un autre côté, c'est en nous voilant la face que nous avions pu aller si loin. On n'était pas restés assis à broyer du noir. On s'était pris en main pour décoller. On avait ri, conduit trop vite, roulé la tête au vent et fait un doigt d'honneur au cancer. Parce qu'on avait pigé qu'une personne pouvait être morte bien avant l'heure de sa mort. Et, quel que soit le futur qui nous attendait, nous n'étions pas de ceux-là.

— J'aime bien l'éléphant. Le jade porte chance, paraît-il. Ça pourrait servir…

Il était écrasé de fatigue, paupières closes, la tête sur mon épaule. J'ai serré ses doigts, enlacés dans les miens. Nous étions ensemble.

— Tout ira bien, ai-je murmuré.

Robinson dormait. Il ne m'a pas entendue mentir.

27

L'AMÈRE IRONIE, C'EST QUE, DEUX ANS après le décès de ma sœur, j'ai moi-même été admise dans le service d'oncologie pédiatrique de Portland. Les infirmières secouaient la tête en me reconnaissant.

— L'autre fille Moore… les deux, murmuraient-elles.

Si Dieu, le destin ou le karma ont décidé que vous deviez avoir un cancer, alors, croisez les doigts pour que ce soit le même que le mien. Le lymphome de Hodgkin est courant, du coup les médecins en savent un rayon sur la question. Et ils parviennent à le guérir. C'est le verre à moitié plein.

— Le verre à moitié plein de… merde, disait Robinson. C'est là-bas que j'ai fait sa connaissance. À chacune de nos rencontres, il jurait comme un charretier et moi je lui cognais le bras, parce que je n'aimais pas ça. Mais je l'aimais bien, il adoucissait mon séjour à l'hôpital.

Ne vous faites pas d'illusions. Même un cancer dont on guérit n'est pas une balade d'agrément. C'est vrai que les murs étaient peints de jolies couleurs, que les infirmières portaient des blouses à motifs Winnie l'Ourson. Certains malades semblaient se croire au pensionnat, avec chemises de nuit assorties, pantoufles et crânes chauves couverts d'écharpes multicolores. Mais séjourner là-bas, et être malade, ça craignait complètement.

Jusqu'au jour où j'ai rencontré Robinson. Jusqu'au jour où il m'a trouvée.

Si la vie était un film, notre rencontre aurait été adorablement cucul : avec une gigantesque pile de magazines dans les bras, piquée dans la salle d'attente, j'aurais heurté de plein fouet Robinson. Tous les magazines – du genre bébête qu'on lit chez le coiffeur, *Life*, *People*, *Voici*... – se seraient éparpillés sur le sol. J'aurais débité une bonne blague, comme quoi je m'entraînais pour un quiz de culture pop ; il aurait rigolé et m'aurait aidée à les ramasser. Une fois la pile reconstituée, on se serait rendu compte qu'on craquait l'un pour l'autre. Pendant une heure et demie, on aurait roucoulé, rigolé et discuté.

Dans la vraie vie, ça s'est passé comme ça : K.-O., dans ma brume de narcotiques à cause d'une mauvaise réaction à la chimio, je regardais la télé, convaincue que Barney, le dinosaure violet, s'adressait directement à moi. Je n'ai pas réussi à décoder le message, je me suis endormie, puis réveillée et j'ai découvert un garçon ténébreux aux cheveux sombres, assis au pied de mon lit. J'ai su alors que je n'étais pas morte, parce qu'à moins d'avoir été transportée au paradis, il n'y aurait pas eu un gars aussi sexy en train de me sourire.

Non, j'étais bien vivante et Robinson, un garçon en chair et en os. Il m'a dit :

— T'as l'air d'en chier. Moi, je suis dans la merde. Soyons potes.

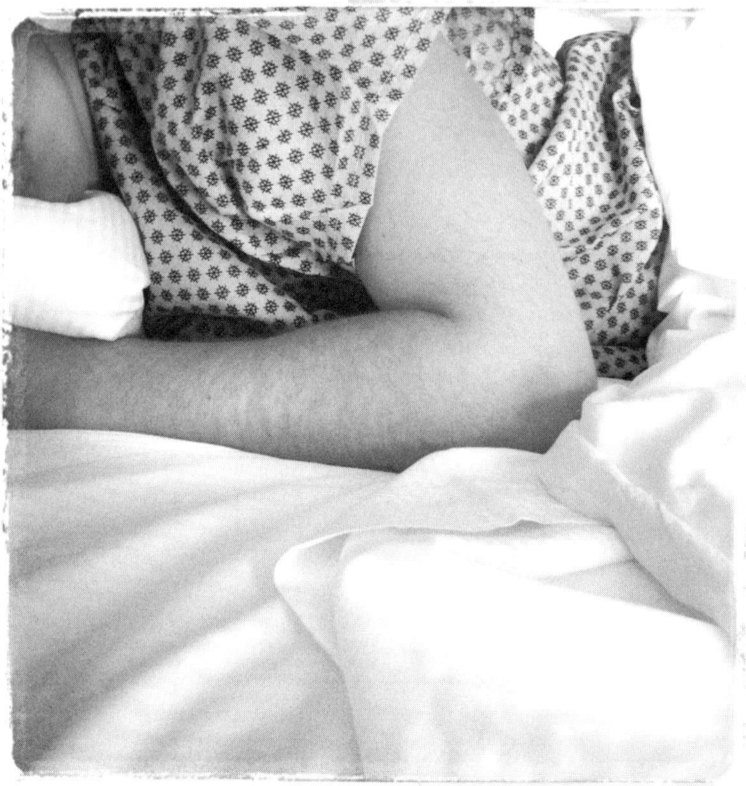

Robinson était plus malade que moi, mais ça ne se voyait pas. Lui, il avait un lymphome de Burkitt, un non-hodgkinien. Le « non » voulant dire « pire ».

— Burkitt, c'est le médecin qui a découvert le cancer en Afrique équatoriale, m'a expliqué Robinson. Il est courant là-bas.

On aurait dit qu'il était fier d'avoir un cancer exotique.

— C'est Burkitt aussi qui a élaboré toute une théorie sur la bonne position pour chier ! Si tu t'accroupis comme un joueur de base-ball, t'auras le cancer du côlon ! C'est fort, non ?

J'ai fait des recherches sur son cancer. Pour les patients en stade 4, comme Robinson, le taux de survie est de cinquante pour cent.

Chez certains enfants, il suffit de les amputer d'un pied ou d'enlever une tumeur pour que le taux remonte à cent pour cent Alors, pourquoi pas Robinson ? Il était philosophe.

— Cinquante pour cent ? J'ai vu pire.

Oui, on avait tous vu pire.

En gros, c'était pile ou face. Quand je l'ai compris, je me suis assise dans mon lit d'hôpital, un penny dans la main et j'ai fermé les yeux : « Face, il vit. » Je n'ai rien dit pour pile. J'ai lancé ma pièce en l'air, et quand je l'ai rattrapée, j'ai attendu un long moment avant de la regarder.

Face.

J'avais mis un tel enjeu sur ce lancer. J'y ai cru de toutes les fibres de mon corps. *Nous ne laisserons pas passer notre chance*. C'est ce que je me répétais.

Mais ce n'étaient que des mots. Ma mère pouvait annoncer la pluie si son genou lui faisait mal. Sadie, mon chien quand j'étais petite, flairait le postier à deux blocs de distance. À leur façon, étrange, silencieuse, ils savaient ce qui allait arriver.

Et moi aussi, maintenant.

Dans cette salle des urgences frigorifique, Robinson se reposait sur moi. Je sentais son souffle. J'imaginais les précieuses pulsations de son cœur, palpitant sous sa peau. Il était merveilleux, tellement vivant.

Mais pour combien de temps ? Je n'avais pas besoin de médecin pour confirmer ce que je savais déjà. Robinson – mon double, mon ange, ma vie – était en train de mourir.

Nous ne laisserons pas passer notre chance ? Axi, voyons. Tout finit par s'arranger. Tout.

28

Robinson fut enfin admis à l'hôpital de La Junta. L'infirmière nous a conduits dans une chambre. Elle l'a aidé à se coucher et j'ai sauté sur le lit vide, à côté du sien.

— Tu vas raconter ça dans ton journal ? m'a demandé Robinson.

— Je n'écris que le bon côté de nos aventures.

— Pff ! C'est pas possible d'écrire un livre sans dispute.

— Qui parle de livre ? C'est mon journal. Un carnet rose que j'ai acheté chez Walgreens pour deux dollars quatre-vingt-quinze !

— On ne sait jamais…

— T'as raison ! J'en écrirai un… si tu promets de le lire.

Il a levé le petit doigt pour prêter serment. Mais avant que je puisse jurer, on a entendu une voix dans le couloir :

— Alors ? C'est quoi ici ?

Un géant barbu en blouse blanche se tenait au milieu de la chambre.

Il s'est présenté, Dr Ellsworth. Avant de demander le nom de Robinson, il l'a bombardé de questions : avait-il consommé de la drogue ? De l'alcool ? Des voyages à l'étranger ? Un ulcère ? Allergies connues ? Consommation d'épinards pour la bactérie E. coli ?

Robinson a frissonné à la mention des épinards. Il a répondu non à toutes les questions.

La taille du médecin m'impressionnait. Il aurait pu travailler comme super costaud dans un cirque ou une foire.

Penché sur Robinson, il écoutait son cœur et ses poumons, les sourcils froncés.

Il a palpé son estomac. Robinson a grimacé. J'ai détourné les yeux. Je ne supportais pas de le voir souffrir.

— Je vous envoie à la radio. Scan du thorax. Il y a des anomalies.

C'est vrai que je m'y attendais, mais ça m'a fichu un coup. Je tremblais des pieds à la tête.

— Franchement, docteur, si ça ne fait rien, je ne préférerais pas.

— Vous êtes probablement très malade, jeune homme.

— Peut-être... Mais autant laisser ça tranquille. Pas de nouvelle, bonne nouvelle, n'est-ce pas ? J'ai dû choper la grippe.

Il lui a fait son sourire canaille, ce qui, compte tenu de son état, était un tour de force.

— Vous avez une pneumonie. La pleurésie est même envisageable.

— S'il vous plaît. Laissez tomber, ai-je murmuré au médecin.

Brusquement, je me suis souvenue du pendentif que Robinson m'avait offert à Mount Shasta. Je me suis empressée de le sortir du sac pour le toucher avec sa pierre porte-bonheur.

— Et vous ? m'a alors demandé le médecin. Des soins que vous aimeriez refuser ?

— Je suis juste là pour le soutenir.

Le Dr Ellsworth s'est approché de moi et a touché mon cou. Ses doigts étaient froids.

— Votre cicatrice ici. Radiothérapie, c'est ça ?

Je me suis écartée sans répondre. Après tout, je n'étais pas sa patiente, je ne lui devais rien. Et je m'en fichais de ce que j'avais eu. J'étais en rémission. Guérie.

Comme le disait Critter, un ami de mon père : *C'est pas parce que le soleil brille aujourd'hui qu'il n'y aura pas d'orage.*

— Nan mais qu'est-ce qui se passe avec vous deux ? a lancé le Dr Ellsworth. Vous venez d'où ?

On s'est regardés, Robinson et moi. Il a secoué la tête, imperceptiblement.

J'ai parlé pour nous deux.

— On n'a rien à dire de plus.

— On ne joue pas. J'ai palpé une masse dans l'abdomen du jeune homme. Une tumeur. Vous comprenez la gravité de son état ?

— Axi ! a lancé Robinson. Tu connais la différence entre un médecin et un avocat ?

Je connaissais la blague de Robinson. Un grand classique de son répertoire. Ça m'étonnait juste qu'il la sorte maintenant, mais je me suis prêtée au jeu.

— Nan, vas-y !

— L'avocat te plume, le médecin te plume aussi mais il t'achève ensuite.

Le médecin a eu un drôle de bruit de gorge. Un rire étranglé ? Un grognement de désapprobation ?

— J'essaye de vous aider, a-t-il ajouté.

— Alors, envoyez une télé ! Qui a les chaînes câblées, de préférence, a ironisé Robinson.

La vérité, c'est que Robinson et moi avions connu une certaine routine. On l'avait mise au point dans les couloirs de l'unité de Portland. Les infirmières nous adoraient. Nous étions les Abbott et Costello, les Laurel et Hardy du service.

— Hé, Robinson, comment t'appelles quelqu'un qui n'arrête pas de replonger dans le lymphome ?

— Dis ! Dis ! riait déjà Robinson.

— Un lympho-maniaque !

— Trop bonne ! hurlait-il en se tapant la cuisse.

— S'il existait un médicament contre l'humour morbide, je vous le prescrirais à tous les deux.

Mais il m'a tout de même semblé que le médecin trouvait ça plutôt drôle.

— Je vais vous prescrire des antibiotiques par intraveineuse. Pendant ce temps-là, réfléchissez aux examens que j'aimerais vous faire passer.

— Je n'aime pas les examens. Je les rate toujours, a répondu Robinson.

— Et vos parents, jeune homme, où sont-ils ?

J'ai regardé Robinson avec attention : c'était une question dont j'ignorais moi aussi la réponse.

— Je suis majeur, vous voulez voir ma carte d'identité ?

Le Dr Ellsworth a de nouveau longuement fixé Robinson, puis a quitté la chambre.

— Bon, je vais faire un petit roupillon, d'accord ? Si tu supportes de rester sans ma compagnie !

J'ai remonté la couverture sur lui. Non, je ne voulais pas le quitter, pas même une minute.

— Ça va aller, ai-je répondu. Dors.

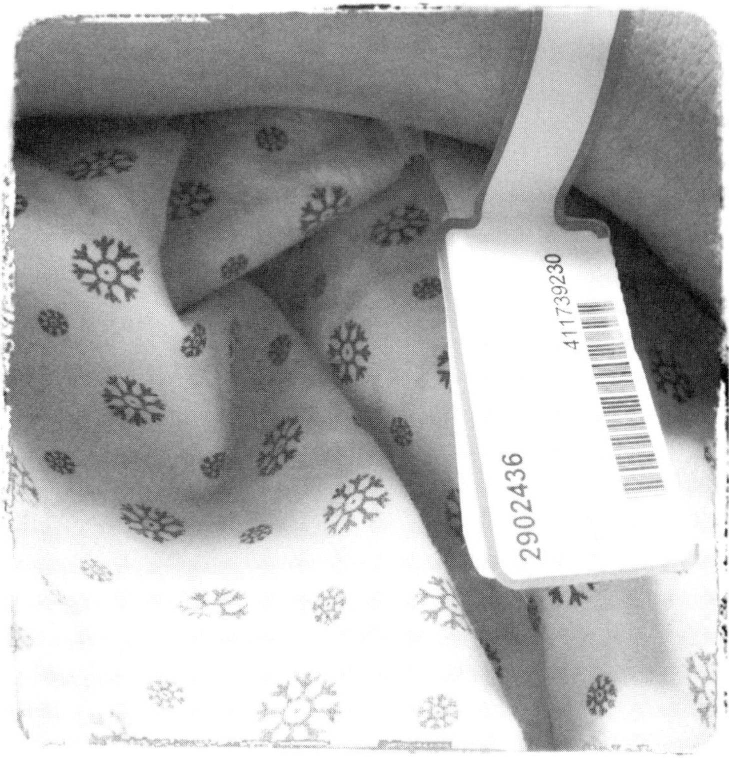

— Tu devrais en faire autant…

— Je ne suis pas fatiguée.

Encore un mensonge. Mais je n'aurais pas pu dormir : j'avais besoin de le surveiller. Pour être certaine qu'il ne recommence pas à tousser. Pour que son sang reste à l'intérieur, à sa place. Pour vérifier que sa poitrine monte et descend, monte et descend.

Je me suis assise à son chevet. J'espérais que les antibiotiques iraient remplir ses cellules, comme par magie. Et je croisais les doigts pour que Robinson n'ait besoin que d'un petit remontant – je reprends sa propre terminologie. Parce qu'on n'allait pas rester coincés six semaines à La Junta pour une chimio. Ça n'était pas dans le programme.

Le médecin est revenu.

— On vous change de chambre. Je vous veux près du bloc. Et des infirmières.

Robinson a levé un œil sur moi.

— Pure précaution, évidemment, a-t-il ajouté.

— Évidemment. Tu as le chic pour que tout le monde s'intéresse à toi.

Je n'ai pas osé croiser le regard du médecin. Il allait forcément ajouter « fou » dans une case de son diagnostic. Mais ça, je m'en fichais.

Parce qu'à ma connaissance, personne n'est jamais mort de folie, n'est-ce pas ?

29

Dans la soirée, ils ont placé Robinson sous sédatif parce qu'il respirait avec difficulté. À cause de la pleurésie, apparemment. Ou la pneumonie. Je ne voulais pas savoir. Quand ils prononçaient des trucs comme « analyse des fluides de la cavité péritonéale » ou « numération des plaquettes trop basse », je me bouchais les oreilles.

Je lisais les magazines qui me tombaient sous la main. Aucun ne m'intéressait. Ce n'était pas surprenant, puisque je détestais le golf, j'étais végétalienne et vierge.

J'errais dans les couloirs, en constatant combien les hôpitaux se ressemblaient. Les bruits étaient les mêmes : bips des moniteurs, sifflement des masques à oxygène, chuchotements des visiteurs. On y servait une nourriture identique (sirupeuse, les jus d'orange trop sucrés, les petits pains tout mous, le jambon rose et plastifié). Même les odeurs étaient semblables (effluves de désinfectant, d'air conditionné, corporels – dont tout ce qui sort de l'organisme –, un mélange hygiénique, je dirais).

Si terrible qu'ait été la pause forcée à La Junta, je me suis un peu détendue. Le service hospitalier était pour moi un lieu connu, contrairement au reste du territoire visité.

Un endroit où je savais naviguer. J'étais sans doute rassurée d'avoir à nouveau un toit au-dessus de la tête.

Mais Robinson serait le premier à vous le faire remarquer, on ne peut pas être Bonnie et Clyde dans un hôpital. Ça fait un mélange de films.

— Tu fais les cent pas ? m'a gentiment demandé une infirmière, alors que je passais devant son bureau pour la vingtième fois.

— Désolée, je me détends les jambes.

— Pas de souci. Continue. L'exercice, ça fait du bien.

Elle en aurait eu certainement besoin, j'ai pensé, mais elle faisait une partie de solitaire sur l'ordi. Nuit calme aux urgences.

En bifurquant dans un couloir je suis tombée sur une double porte. Derrière, il y avait une chapelle.

Rien de semblable avec le reste de l'hôpital. Un des murs était rouge vif. Un autel en bois massif, éclairé par des chandelles électriques, trônait au milieu de la pièce. Mais pas de Christ en croix, ni de Marie, Ganesh, Bouddha ou Hubbard, le scientologue. Il y avait cette couleur rouge – le rouge des roses de la Saint-Valentin, le rouge du sang. Des haut-parleurs diffusaient de la musique classique.

Je me suis assise sur un banc. Mes parents nous avaient emmenées à la messe, Carole Ann et moi, deux ou trois fois peut-être, ensuite ils avaient laissé tomber parce qu'on ne se tenait pas tranquilles pendant l'office.

J'étais seule. Je ne savais pas trop quoi faire. J'ai pris mon visage dans les mains. Si quelqu'un passait la tête, il croirait que je priais.

J'ai pensé à Carole Ann, à Robinson. À moi aussi. Combien nous avions été affectés par des forces qui semblaient terrifiantes et supranaturelles, mais qui étaient tout simplement basiques. Un cancer, c'est juste une division anormale des cellules qui envahissent les tissus. Simplissime. Mais cela restait aussi un mystère : *Pourquoi diable mon corps essaye-t-il de me tuer ?*

Avant ma rémission, j'ai haï mon corps parce qu'il me trahissait. Sachant qu'on a soigné mon cancer en même temps que les premiers signes de puberté apparaissaient chez moi, que je devais me raser les jambes et coller des serviettes géantes dans mes culottes, j'ai vraiment pensé que mon corps m'insultait en plus de me blesser.

Ce voyage avec Robinson signifiait énormément. Nous pouvions rire de notre faiblesse. On a fait des concours des pires lésions buccales (à cause de la chimio, c'est immonde). On se poussait mutuellement à manger, quand absorber de la nourriture est la dernière chose à laquelle vous aspirez.

Nous nous étions sauvés l'un l'autre. Ou du moins, il m'avait sauvée.

Pourquoi moi ? Pourquoi allais-je si bien alors qu'il était si malade ? Et que Carole Ann était morte ?

Ce que je sais de la maladie – au-delà de la peur, de l'incertitude, de la corvée cauchemardesque des traitements –, c'est qu'elle érige un mur entre les malades et les bien-portants. Au service d'oncologie, Robinson et moi étions du même côté du mur. Et maintenant, je ne supportais pas l'idée qu'il y ait la moindre barrière entre nous. Je voulais expérimenter les mêmes choses que lui. Je voulais fusionner avec lui. Pour tout.

Dans un sens, mon corps me trahissait à nouveau, mais cette fois-ci, il s'acharnait sur moi en me maintenant en forme. Je sais, ça n'a rien de rationnel. Je ne voulais pas me retaper un cancer, mais bon…

Je suis restée longtemps à regarder les flammes des chandelles vaciller. Comme aucun prêtre, ni ange ou épiphanie n'est descendu du ciel pour me répondre, j'ai décidé de retourner auprès de Robinson.

On lui avait posé son intraveineuse d'antibiotiques. On lui avait aussi administré de la morphine parce que, autrement, ça fait trop mal.

Robinson a tourné la tête vers moi et a souri. Ses paupières étaient lourdes, sa peau très pâle.

— Axi, est-ce que je t'ai déjà dit que tu étais divine ?

— Parole de morphinomane !

Mais j'ai rougi. Et j'espérais et priais pour qu'il l'ait dit en toute conscience.

30

Mon rêve est revenu. Je surplombais la falaise, les pieds au bord du gouffre, Robinson me tenant par la main. Il aurait dû me dire une parole réconfortante, mais pour l'heure, il était aussi silencieux qu'un fantôme.

J'ai fait un pas en avant, sur le point de basculer dans le vide.

Et je me suis réveillée en sursaut.

Dans l'obscurité, j'entendais un air de rock émanant de la radio du bureau des secrétaires – de la musique aussi mortelle que le cancer, disait Robinson : ça faisait toujours rire les infirmières.

J'allais me tourner pour me rendormir, quand j'ai aperçu une forme près de mon lit. Robinson. Il a bougé pour toucher mon épaule. Malgré l'obscurité, j'ai vu qu'il était habillé. Avec ses vêtements, pas avec la chemise d'hôpital.

— Axi ? C'est l'heure.

Il a attrapé la bretelle de mon sac à dos pour m'aider à l'enfiler. Ses doigts étaient chauds, rassurants, comme si la malade, c'était moi. Robinson a toujours été si prévenant. Je me rappelle quand on arpentait les couloirs à

Portland, nous étions tellement faibles qu'on traînait les pieds comme des octogénaires.

— Octo-quoi ? avait dit Robinson.

— Octogénaires ! Âgé de quatre-vingts ans et plus.

— Peuh ! Pas de souci, je ne vivrai jamais jusque-là... avait plaisanté Robinson.

— Hé ! Pile ou face, t'as oublié ? De quoi tu parles ?

— Axi, moi je serai une rockstar. J'aurai épuisé mon corps avant soixante-cinq ans. Trop de décibels, trop de rock'n'roll. Mais un jour, tu me retrouveras dans les bouquins. Je serai le mec que la musique a tué ! « Je l'ai bien connu, tu diras. Il était trop cool. »

Maintenant, au milieu de la nuit, au milieu de nulle part, j'ai touché l'épaule de Robinson.

— T'es sûr que ça va ?

— J'ai assez vu La Junta. On ferait mieux de partir.

31

Je ne lui ai pas demandé de se tourner pendant que je changeais de vêtements. Je m'en fichais. Et d'une, il faisait nuit, et de deux, je n'avais rien à lui cacher.

Et puis, surtout, j'étais amoureuse. À l'évidence, il était grand temps de libérer ce secret, si seulement j'arrivais à me montrer assez courageuse.

Robinson s'était approché de la fenêtre. Je distinguais son visage, grâce au halo orangé provenant des lumières du parking. Une fois mon jean et mon sweat enfilés, je l'ai rejoint.

— Le Cancer est la constellation du zodiaque la moins éclairée, tu le savais ? m'a demandé Robinson.

Non.

— Là-bas. Rien à voir avec la forme d'un crabe, en plus.

— Je ne savais pas que tu t'y connaissais en astronomie.

— Tu n'imagines pas mes nombreuses facettes, Axi !

Sa remarque m'a presque donné le vertige. Est-il possible d'aimer quelqu'un plus que tout et de ne pas le connaître entièrement ? Je voulais – j'avais besoin – de saisir chaque facette de Robinson, aussi longtemps que je le pourrais.

— Et le truc dingue, c'est que les étoiles que tu vois sont plus grosses et plus brillantes que le Soleil. Elles semblent minuscules uniquement parce qu'elles sont plus loin.

Il continuait d'observer le ciel, comme si un message y était inscrit à son intention.

Robinson, regarde-moi, c'est moi qui vais te délivrer le message.

Mais non, je restais muette. Je me suis rapprochée encore et j'ai maladroitement cogné sa hanche. J'ai même eu peur de lui avoir fait mal. Était-il encore fragile ? Mais comme il n'a pas eu l'air de réagir, je me suis demandé si je ne devais pas recommencer. Ou bien le prendre par la main. Ou encore lui sauter dessus et le plaquer au sol pour embrasser chaque centimètre de son superbe corps si faible.

Je me suis carrément collée à lui. Cette fois-ci, il y a eu un changement. Il était soudain conscient de ma présence. Il n'a pas bougé comme si l'énergie ondulait entre nous. J'ai retenu mon souffle. Je crois qu'il faisait pareil.

C'est le moment, Axi. Carpe diem.

Je l'ai forcé à se tourner vers moi.

— Robinson, j'ai quelque chose à te dire.

— Je n'écoute que toi.

Il a attendu en silence, mes yeux ont cherché son visage : son front haut, ses yeux enfoncés, ses lèvres charnues.

J'ai ouvert la bouche, mais rien n'est sorti. Moi, la littéraire, l'écrivain, j'avais un tel besoin de libérer les mots qui attendaient depuis si longtemps, mais la faculté de parole me faisait défaut.

— C'est bon, a dit Robinson.

Qu'est-ce qui est bon ? aurais-je pu lancer. *Rien n'est bon ! On est à l'hôpital parce que tu as failli mourir. Combien de fois me dégonflerai-je encore avant que tu ne disparaisses ?*

Au moins, si je ne parlais pas, je pouvais agir. Dès l'instant. Ou alors je ne sentirais jamais ses lèvres sur les miennes.

Je ne pouvais pas vivre sans ça.

J'ai posé mes mains sur son cou, frotté mon visage contre sa joue qui m'a piquée. Et je l'ai embrassé.

Quand nos lèvres se sont rencontrées, une pulsion chaude et douce, un courant électrique m'a traversé le corps. Je suis sûre que j'ai rayonné. Emplie de la lumière des étoiles.

Voilà. Ce baiser tant attendu. Le souffle de Robinson s'est instantanément mêlé au mien, j'ai senti alors combien il l'avait attendu aussi.

Bon sang, pourquoi avions-nous attendu si longtemps ?

Les bras de Robinson m'ont enlacée, ses mains ont joué dans mes cheveux. Un petit gémissement s'est échappé de sa gorge, son baiser m'a dévorée, comme s'il n'avait jamais été malade et ne le serait jamais plus… comme s'il était plus vivant que jamais.

Et moi aussi.

Au bout d'une minute, ou d'une heure, on s'est écartés l'un de l'autre. Mes joues me cuisaient, tout mon corps vibrait. Comme s'il chantait.

Le regard de Robinson était si solennel que j'en ai eu la respiration coupée. Ensuite, comme une lueur qui s'allume dans la nuit, son fameux sourire s'est épanoui.

— Je t'aime, Axi Moore. Que dire d'autre ?

J'étais encore trop émue pour répondre.

Si telle était la vie sans paroles – exprimée par le geste et l'action –, j'étais prête à abandonner les mots pour toujours.

32

Il était grand temps de partir. Nous nous sommes hâtés de sortir, le bras de Robinson sur mes épaules. Il me touchait enfin – comme si, maintenant que nous nous étions rapprochés, nous ne supportions plus l'éloignement. Il avait cependant besoin de s'appuyer sur moi.

Moi, j'irradiais toujours. Je me sentais plus lumineuse que les étoiles du ciel.

Avoir embrassé Robinson, c'était comme d'être enfin arrivée à l'oasis du désert. C'était le soleil après des années d'hiver. Noël en juin. C'était… stop : pourquoi s'obstiner avec de la poésie à quatre sous !

J'étais habitée par la joie.

Une joie qui balayait l'anxiété de quitter un service hospitalier en catimini et contre avis médical. La liste de mes exploits rebelles s'allongeait encore.

Sur le parking, Robinson m'a de nouveau embrassée.

— Je pourrais déplacer des montagnes tout d'un coup ! a-t-il dit.

Moi aussi, j'avais la même sensation. Tout irait bien. Mieux encore. Comme par magie.

— Dis-moi juste que cela n'inclut pas le vol d'une nouvelle voiture ? ai-je répondu en caressant sa joue râpeuse.

Nouveau baiser. Ses lèvres étaient douces, mais son baiser avide. À ce train-là, nous n'allions jamais quitter le parking ! Mais bon, c'était loin d'être désagréable.

— Je ne balancerai pas Chuck-le-Truck, il a mérité de voir Detroit !

— Chuck-le-Truck ? ai-je rigolé.

— Ouep, ma p'tite dame ! Cousin de Charley-la-Harley.

Il a ri de sa trouvaille et s'est installé au volant. Il a démarré, fait vrombir le moteur deux ou trois fois, puis il s'est glissé sur le siège passager, là où je pensais m'asseoir.

— Hé, Robinson !

— Je sais, j'ai dit que j'étais Hercule, mais ça serait mieux si tu conduisais, m'a-t-il déclaré, affalé sur le siège.

Sa voix était rauque, il semblait respirer avec difficulté.

— On devrait retourner à l'hôpital, Detroit nous attendra.

— Jamais. J'en ai assez d'être ici.

— Oui, mais tu as encore besoin de soins…

— Axi, monte. Viens t'asseoir près de moi.

J'ai fait le tour du véhicule, puis me suis hissée sur le siège conducteur. Robinson m'a attirée vers lui, j'ai fourré mon nez dans sa chemise. Elle sentait l'hôpital, mais j'ai retrouvé l'odeur de Robinson sur sa peau, mélange de savon, de pin et de garçon.

Bien sûr que je voulais partir d'ici. Être seule avec lui. Poursuivre ce que nous avions commencé à l'hôpital. J'en mourais d'envie.

Mais partir, n'était-ce pas une erreur ?

Lorsque Robinson a repris la parole, sa voix était plus assurée. On aurait dit qu'il avait lu dans mes pensées :

— On s'en fiche de savoir si c'est une erreur. Si c'était à refaire, je le referais un million de fois. Ce voyage, être ensemble, c'est tout ce qui compte, c'est tout ce que je veux. Je n'ai besoin de rien d'autre. Sûrement pas de radiations, de biopsies ou je ne sais quoi.

J'étais toujours collée à lui lorsque je lui ai répondu. Je ne voulais pas m'écarter d'un millimètre.

— Et si refuser les traitements maintenant, ça veut dire être condamné à mort ?

— Rester à l'hôpital, c'est se condamner à mort, Axi, s'est-il gaussé. Tu peux te couper le doigt, choper des staphylos, et hop, tu te retrouves à bouffer les pissenlits par la racine. En partant maintenant, Axi, je choisis la vie.

L'oreille collée à sa poitrine, j'entendais les battements de son cœur.

— Mais si ça veut dire une vie raccourcie ?

— Tu sais ce qu'il disait, Kurt Cobain ? Vaut mieux brûler rapidement que disparaître lentement.

Oui, je connaissais, mais c'était une chanson de Neil Young. Et brusquement, ça m'a frappée : qu'est-ce que j'allais devenir sans ce fou furieux ?

— Dis donc Robinson, je te rappelle quand même que Cobain a encore ressorti ça dans le mot qu'il a écrit avant de se suicider.

— Reconnais qu'il avait raison, ma BG adorée !

J'ai fermé les yeux pour me calmer. Robinson a glissé ses doigts dans les miens.

Pourquoi y avait-il un monde entre ce que je voulais et ce qui était raisonnable ? Pourquoi, en plongeant dans la vie choisie, me faisais-je arnaquer ou, pire, voyais-je l'être aimé se faire flouer ?

J'ai rouvert les paupières. On ne connaîtrait pas notre futur, ni combien de temps il durerait. Un seul choix s'imposait : être heureux maintenant.

— OK, t'as gagné, Robinson, mais à deux conditions. Et d'une, tu ne m'appelles plus jamais BG ; et de deux, tu n'as pas le droit de mourir. Tu m'entends ?

— Ça marche, la p'tite dame ! Reçu cinq sur cinq !

On a topé, comme si la vie se décidait aussi simplement.

Puis nous sommes partis, avec moi au volant.

33

ROBINSON S'EST ENDORMI PRESQUE IMMÉdiatement. Cela m'arrangeait plutôt parce que j'avais besoin de toute ma concentration pour cette nouvelle mission : conduire un engin de la mort à travers le pays.

Au cas où vous l'ignoreriez, les accidents de voiture tuent plus d'enfants que le cancer. Toutes ces croix le long de l'autoroute, les petites blanches avec des fleurs fanées, elles sont pour les jeunes de mon âge (« ceux qui pianotent sur leur portable en roulant », aimait me rappeler mon père, parce qu'il n'aurait jamais accusé la Budweiser de quoi que ce soit).

Du coup, je faisais de mon mieux pour ne pas venir étoffer les statistiques, en ces heures matinales. Ce qui n'a pas empêché quelques pépins. Par exemple, au premier arrêt dans une station-service, je ne savais pas comment actionner la pompe et Robinson ronflait comme un sonneur. J'ai préféré demander à un vieux monsieur. Ensuite, j'ai pris l'autoroute dans le mauvais sens. Je n'ai fait demi-tour qu'au bout de cinquante kilomètres.

Pour me détendre, j'ai voulu allumer la radio, mais je n'arrivais pas à la régler.

Pas d'autre compagnie que les pensées que je tournais et retournais.

Pff, qu'est-ce que c'est grand, les États-Unis.

Vivement un Starbucks !

Comment ça se fait que papa ne m'ait pas encore retrouvée ?

Les kilomètres s'enchaînaient, monotones, usants. J'ai fini par me parler à voix haute, pour changer. Robinson était toujours au pays des rêves.

— Axi, pas de sens interdit… C'est dingue, jamais j'aurais cru qu'on irait aussi loin… J'en reviens pas que papa n'ait pas appelé la police. Ou alors, il a juste prévenu Critter ? Ce type est plus fort qu'un détective.

Critter avait été capable de retrouver le diamant de la bague de fiançailles de maman, tombé dans la rivière. Mais elle, ça ne l'avait pas empêchée de nous quitter.

— Je ne dis pas que j'aimerais être rattrapée, je veux continuer. Mais est-ce que je dois me réjouir que nous soyons allés jusque-là ? Ou m'attrister du désintérêt paternel envers moi ?

J'ai bu le reste de mon café acheté à la station-service. Ça me faisait du bien de verbaliser mes pensées, même si – ou peut-être parce que – Robinson n'écoutait pas.

— Et toi ? ai-je lancé à Robinson, endormi. Où sont tes parents ? Ils ne s'inquiètent pas ? Ont-ils seulement une idée de l'endroit où tu es ?

Quand j'ai rencontré Robinson au service d'oncologie, il a éludé toute question sur sa famille. Pas de père effondré à ses côtés pendant les chimios, pas de mère pour lui tenir la main pendant les bombardements de rayons.

À l'évidence, il était cent pour cent seul.

Mais personne d'autre n'avait sa cote de popularité. Les livreurs de pizzas devenaient ses potes en moins de cinq minutes. Deux infirmières voulaient l'adopter, je les avais entendues. Sans parler de toutes les nanas qui craquaient, dans le service ou en dehors. Il était magnétique.

Et c'est moi qu'il avait choisie. J'étais devenue sa famille.

Quand l'hôpital nous a relâchés, il m'a suivie à Klamath Falls.

— Toi et moi, on reste collés, avait-il déclaré. En plus, j'ai un oncle dans le coin. J'irai m'installer dans son sous-sol.

Je n'avais posé aucune question. Tout ce que je voulais, c'était ne pas avoir à lui dire adieu.

C'est là seulement que j'ai compris tout ce qu'il avait laissé derrière lui : ses parents, son oncle, les médecins qui voulaient le soigner. Comme s'il avait fui tout le monde sauf moi.

— Est-ce que je te suffis, Robinson ? Suis-je vraiment tout ce dont tu as besoin ?

Il a remué, étendu ses longues jambes, mais ne s'est pas réveillé pour répondre à ma question cruciale.

— Est-il possible que nous allions si loin sans craindre de le regretter ? Moi qui croyais avoir réfléchi à tous les risques, tous les imprévus, je n'avais pas imaginé que tu serais malade.

Je lui ai jeté un coup d'œil. Ses cils formaient un arc sombre sur sa joue blafarde, sa main gauche tressaillait dans son sommeil.

Il y avait une autre chose que je n'avais pas prévue : que je tomberais amoureuse aussi brutalement et définitivement. Comme une chute à pic dans le vide. Ensuite, sonné, on prend conscience qu'aimer quelqu'un signifie aussi le soutenir, le secouer et le regarder mourir… Non, je ne l'avais pas prévu.

— Robinson, je t'aime. Je t'en supplie, reste avec moi, ai-je murmuré en caressant sa joue.

Il a remué et soupiré, toujours endormi.

34

MAIN DANS LA MAIN, ON CONTEMPLAIT LES ruines : immeubles délabrés, maisons brûlées, trottoirs jonchés de détritus, carcasse désossée d'une vieille usine Ford.

— Bienvenue à Detroit, a lancé joyeusement Robinson.

Il se sentait mieux aujourd'hui, j'espérais que cela n'avait rien à voir avec Motor City, le berceau de l'automobile.

— C'est ici que j'aurais grandi, si mes parents n'avaient pas déménagé.

— Detroit était peut-être mieux quand ils étaient enfants ? ai-je susurré.

J'espérais surtout que l'état de sa ville natale n'était pas symbolique de notre si jeune couple : un foutoir innommable !

Robinson a shooté dans une canette de Redbull.

— Ouais, sûrement, a-t-il répondu.

J'ai pris une photo d'un canapé abandonné sur le trottoir, moisi et envahi de pigeons. À gauche, un arbre au milieu d'un immeuble effondré.

« Propriété privée – Entrée interdite »

— Si on est romantique, qu'on aime le déclin ou le rétrofuturisme, ça pourrait être chouette, ai-je dit. On n'a qu'à imaginer le Parthénon… Des vieilles pierres grandioses.

— Mon grand-père et ma grand-mère sont tombés amoureux ici, dans cette usine Ford. Sur la chaîne d'assemblage. Et là-bas, y avait l'usine Chrysler. Même histoire pour mes parents.

Je me suis penchée pour cueillir un pissenlit qui poussait dans le goudron craquelé.

— Alors c'était un endroit super romantique ! ai-je lancé.

Silencieux, Robinson contemplait la désolation. Il pensait sûrement à sa famille. Du coup, quand il s'est tourné

« Danger électricité »

vers moi, j'ai sursauté. Il m'a prise dans ses bras, m'a serrée fort contre lui. Ensuite, il s'est penché pour m'embrasser, longtemps, avec application, jusqu'à ce que montent en moi cet adoucissement familier et le flageolement de mes jambes. Comme si j'allais me dissoudre.

— Pourquoi tu parles au passé ? m'a-t-il demandé en souriant.

Je n'ai pas relâché mon étreinte, collée contre lui aussi longtemps que possible. J'ai levé les yeux vers son visage. Le soleil m'éblouissait, auréolant ses cheveux qui semblaient en feu.

— Exact ! Je corrige : deux générations sont tombées amoureuses ici. C'est incroyable.

Et la troisième aussi, je me disais.

Il n'a pas rebondi. Il semblait perdu dans ses pensées.

— Je suppose que c'est de là que vient ton obsession pour les voitures ?

Je voulais qu'il continue de se livrer sur sa famille, lui qui avait toujours été si discret.

— Mon père a souvent dit que le premier bébé de la famille, c'était sa Mustang 1967.

— Tu as vécu ici ?

Robinson s'est mis à siffler l'air de Sufjan Stevens, sur Detroit.

« Trottoir condamné »

Je lui ai donné un petit coup dans les côtes.

— Hé ! Tu réponds ? Tu dis que tu m'aimes et tu n'es même pas fichu de me dire où tu es né ?

Ça me vexait un peu.

Quand il m'a de nouveau regardée, il avait le visage sombre.

— C'est juste qu'en ce moment mes parents et moi, on n'est pas très proches. Ça me rend triste de penser à eux. Alors j'évite.

— Dis-moi seulement le nom de ta ville natale…

— Toi et tes jolis mots ! « Natal. » Oh hé, la Terre, qui emploie encore « natal », excepté Alexandra Jane Moore ?

Paf, je l'ai encore frappé ! Il n'y avait que les pigeons pour lui répondre.

— Non, je ne suis pas né ici. Chrysler a déménagé son usine avant ma naissance. Mes parents sont partis en Caroline du Nord. Je me suis pointé là-bas. Mon père a travaillé pour une entreprise de sidérurgie pendant quelque temps et, ensuite, il a ouvert son atelier de réparations automobiles.

Robinson a recommencé à siffler d'autres airs que je ne connaissais pas, mettant ainsi un terme à ses confidences.

— À cette allure, ça me prendra cinquante ans pour connaître ton enfance.

— Frimousse d'Axi ! a-t-il lancé en posant ses doigts sur mes lèvres. On s'en fiche du passé. Maintenant, c'est tout ce qui compte.

— Frimousse d'Axi ?

J'ai pris sa main pour embrasser chacun de ses doigts.

— Tout nouveau, tu aimes bien ?

— Je vais y réfléchir et je t'en reparle !

À la vérité, j'adorais tous les petits noms qu'il inventait, mais je n'étais pas près de le lui avouer…

Nous sommes restés là un moment, silencieux, les doigts entrelacés, à regarder les oiseaux tournoyer et les nuages se déchirer. Ça m'a frappée de penser que la terre puisse être couverte de déchets et d'épaves, mais qu'on trouve malgré tout un coin parfait et propre. Je me suis penchée vers Robinson qui a pris ma tête entre ses mains.

— Bon, je t'offre le dîner, ce soir ?

— Oh ? Une invitation officielle ?

— Tout dépend de la suite !

— Cochon !

— T'as raison, à table !

35

AVANT DE DESCENDRE EN VILLE, ROBINSON a réglé la radio sur la fréquence locale. Diana Ross, Stevie Wonder... Robinson fredonnait les airs, battait la mesure et suivait la batterie en ajoutant des envolées de son cru.

On a choisi un restaurant encore orné de guirlandes de Noël. À l'intérieur, des banquettes orange, des instruments bizarres accrochés aux murs et des photos en noir et blanc de Detroit, du temps des jours meilleurs. La salle était pleine à craquer et quelqu'un jouait du piano.

— On dirait un croisement de bar clandestin et de TGIF* ! ai-je dit en m'asseyant.

— Si Liberace était un gangster, il vivrait ici !

— Ou encore : l'antre d'un souteneur qui aime le jazz et les antiquités !

— Impressionnant !

Il restait une table de libre dans un coin. Le serveur nous a apporté deux petits verres à liqueur.

* « Thank God It's Friday – Dieu merci, c'est vendredi ! »

— Contrebande hongroise ! a-t-il lancé en guise de bienvenue. Pour l'anniversaire d'Ed. Je reviens prendre votre commande dans deux minutes.

On s'est regardés avec Robinson.

— Tu crois qu'on essaye ? ai-je demandé.

— Argh ! Moi qui avais de magnifiques fausses cartes d'identité… Je ne pourrai pas m'en servir.

— *Sláinte !*

— Sla-quoi ? J'ai déjà entendu ça. C'est quoi ?

— Du vieux gallois, je crois. Quand on trinque.

Ce que je ne voulais pas lui dire, c'est que cela signifiait « santé »… Le truc qui lui faisait le plus défaut ces jours derniers.

On a trinqué ensemble et avalé la boisson. L'alcool me brûlait la gorge, je tremblais comme une feuille.

— C'est ce qu'on met dans les radiateurs ou quoi ?

Robinson l'a gardé plus longtemps en bouche pour le déguster.

— Je dirais plutôt que c'est de l'alcool à quatre-vingt-dix !

Moi, je sentais le liquide dans l'estomac à présent. Ça me réchauffait l'intérieur. Était-ce possible que j'aie déjà l'impression d'être plus légère ?

— C'est fou, rien qu'un shot et je me sens rebelle, moi qui suis déjà une voleuse de voitures.

— Une emprunteuse de voitures, a corrigé Robinson.

— T'as raison, le juge fera la différence. *Mais bien sûr, mademoiselle, vous ne faisiez qu'emprunter cette Porsche. Aucun problème !*

— Ben, vous êtes pas d'ici, vous deux ! a lancé une voix.

Robinson et moi avons sursauté en même temps. *Normal quand on est coupables*, je me suis dit. Ce n'était que notre serveur, qui semblait avoir testé la boisson hongroise.

— Non, monsieur, a répondu Robinson, poli.

— Alors, quand vous rentrerez chez vous, dites bien que Big D se porte à merveille. Je sais que vous êtes passés devant les usines fermées. Comme tout le monde. Mais ne retenez pas que ça et souvenez-vous du reste : l'ambiance, la musique et la belle Hongroise ! OK ?

Oui, Robinson et moi, on s'en souviendrait.

Quand le serveur est reparti, Robinson m'a pris la main :

— Il a raison, Axi. On doit garder les bons souvenirs.

La façon dont il l'a dit m'a donné la chair de poule. Comme si cela concernait bien plus que Detroit. Mais j'ai préféré plaisanter :

— Parole de scoute, Robinson ! Jure-le aussi.

— Tu sais que t'es merveilleuse, Axi ?

J'ai piqué un fard, mais il m'a pris le menton pour que je le regarde droit dans les yeux.

— Axi, c'est vrai. Quelqu'un devrait te le dire chaque jour de ta vie. Pour l'instant, c'est moi.

— Ça sera toujours toi…

— Viens t'asseoir de ce côté.

J'ai contourné la table et me suis installée sur ses genoux – ça nous a surpris tous les deux.

— Axi, a-t-il chuchoté, je ne t'ai jamais prise pour une fille facile.

Ses doigts longeaient ma clavicule. Je frissonnais. J'ai appuyé mon front sur le sien, nos lèvres se frôlaient.

— Avec toi, j'apprends à vivre dangereusement, ai-je répondu.

— Et tu en penses quoi ?

Je savourais cet instant délicieux et le prolongeais, puis j'ai posé mes lèvres et mes doigts dans ses cheveux.

— J'aime. Beaucoup.

J'avais la tête qui tournait. *Voilà ce que c'est que d'être intoxiquée.* Mais ce n'était pas à cause de l'alcool.

Je vous garantis que la liqueur n'avait aucune influence sur l'amour… et le désir.

« Bienvenue »

36

— Axi, je te préviens, moi je fais tous les manèges : le Blue Streak, le Mean Streak et le Millennium Force. Toi, tu resteras sur Mean.

Robinson s'énervait parce que je lui avais demandé de manger une banane avant son foutu Slim Jim ! *T'es qui ? T'es ma mère ?* Je ne supportais plus qu'il avale son poulet séché, « cette viande délicieusement rosée ». Il m'a accusée d'être une végétarienne arrogante et bornée. En représailles, je l'ai coincé sur son siège et chatouillé jusqu'à ce qu'il demande grâce.

Maintenant, nous étions dans l'enceinte de Cedar Point, le plus grand parc mondial de montagnes russes, à Sandusky, dans l'Ohio. Robinson, le casse-cou, et moi, malade en voiture même sur une ligne droite.

— Je ferais mieux d'aller sur Junior Gimini…

— Axi ! T'as fait des choses bien plus osées que ce manège pour gamins ! m'a-t-il répondu en mimant un revolver avec ses doigts.

— Stop. Je ne veux plus y penser.

— Allez ! Viens avec moi.

Comment le lui refuser ? Mon voyou, mon complice des mauvais coups, mon amour. Il avait l'air en pleine forme. Or, l'était-il ? Je l'ignorais, mais nous allions en profiter.

On a fait la queue pendant une bonne heure, au milieu de parents exténués traînant leurs petits hyperactifs ou leurs ados renfrognés, et de retraités bronzés prêts à risquer la crise cardiaque pour une chute libre force 4.

Robinson s'est rendu compte que j'étais nerveuse.

— Je te promets que tu vas adorer, Axi. Ça va être génial.

Il a glissé sa main dans mes cheveux, puis ses doigts sont descendus le long de mon cou, pour me masser doucement. Un vrai délice.

« Vous devez avoir cette taille pour monter seul…
à moins d'être accompagné d'un adulte. »

« Frissons garantis »

— Continue…

Je gémissais de plaisir.

Il a éclaté de rire, puis a continué à me masser les épaules, son corps long et chaud contre mon dos.

— Aussi simple que ça ? Un petit massage et Axi-la-dure-à-cuire se transforme en béni-oui-oui frissonnante ?

— Ooh ! Quel mot recherché !

— Le vocabulaire, c'est contagieux !

— Mmmm…

— On dirait que t'es en train de perdre le tien.

— Mmmm, plus bas…

Robinson m'a enlacée.

— On va arrêter ça maintenant, a-t-il murmuré dans mon oreille.

— C'est peut-être mieux, ai-je soupiré.

— Mais tu n'as plus peur !

C'était vrai.

Bien sûr, dès que nous sommes montés dans le wagon du Millennium Force, mon cœur s'est emballé comme un fou. J'ai essayé de me raisonner : il s'enthousiasmait, ce n'était pas de la peur. Nous qui avions volé des voitures, foncé à moto, pénétré dans une propriété privée pour nous baigner, autant d'actes dangereux, à côté, cette balade en voiturette d'attractions, c'était de la rigolade.

Le wagon est d'abord monté lentement en haut du looping, la pente paraissait douce sous nos yeux. Dès les premiers hurlements de passagers, j'ai attrapé la main de Robinson.

— On y est, a-t-il dit.

Le wagon était au sommet, suspendu dans le ciel limpide. Il a marqué un arrêt, pause silencieuse, avant de plonger dans le vide. Et de dévaler, dévaler, dévaler…

J'ai hurlé comme jamais, alors que Robinson a poussé un bestial cri de joie.

La voiture a foncé, tournoyé, virevolté dans les airs, le vent m'a fait pleurer et je n'ai pas cessé de crier ! Robinson riait, riait comme un fou, alors que mes ongles s'enfonçaient dans sa chair.

Lorsque le tour a pris fin, je me suis tournée vers Robinson, aux anges :

— Waouh ! On recommence ?

— Tu vois, j'en étais sûr ! Je te connais mieux que toi-même.

Nous sommes repartis, main dans la main, à travers la foule et les odeurs de friture et de crèmes solaires.

— Si on mangeait une barbe à papa ? ai-je lancé.

— Ouep ! Avec des litres de soda.

— Des chips et de la réglisse !

— On dirait qu'un boulon s'est dévissé en route ! Pas de salade de chou ?

— Demain ! Aujourd'hui, on joue aux ados normaux.

Il faut dire que, ce jour-là, j'en étais une. Comme si rien ne nous différenciait des jeunes de notre âge, ni la maladie ni les délits. Nous étions insouciants. Chanceux. Immortels.

— Je t'ai déjà dit que je t'aimais ? a dit Robinson en m'attrapant.

— Oui ! Mais dis-le-moi encore.

— Je t'aime.

— Moi aussi, je t'aime.

Nous nous sommes embrassés au cœur de l'allée grouillante de passants, dans les cris et les grincements du Millennium Force.

37

— Et maintenant, en route pour la Grosse Pomme ? a demandé Robinson.

On se dirigeait vers notre fourgonnette, si exténués qu'on se soutenait l'un l'autre.

— Plus personne n'appelle New York comme ça ! C'est un slogan pour touristes.

— C'est pas notre cas ?

— Non ! Nous sommes des aventuriers, des explorateurs !

Robinson m'a tendu le porte-clés qu'il venait de m'acheter comme souvenir : un modèle réduit du Millennium Force dans une boule à neige.

— Vu que t'es mon chauffeur officiel, voici pour toi !

— D'accord, mais je n'ai pas les clés.

— Si tu ne les as pas, je peux l'accrocher à mon tournevis magique ou à ma perceuse ?

Bien sûr que je voulais le cadeau de mon amoureux.

— Moi aussi, je vais t'acheter quelque chose.

Robinson aurait aimé savoir quoi, mais non, j'ai mimé une bouche cousue. Ce sera une surprise.

En grimpant à ma place, j'ai vu le coup d'œil envieux qu'il a lancé vers une Porsche noire, garée tout près.

— N'y pense même pas ! Je ne sais pas passer les vitesses.

— Ma prochaine leçon. Après, tu conduiras un modèle tout-terrain !

— Et des VTT boueux !

Parce que tout irait bien, à présent. Nous avions l'éternité devant nous.

Grâce à mon copilote Robinson, j'ai réussi à nous conduire jusqu'à l'Interstate I-80. La route serait longue, aucun raccourci. J'avais envie d'un Starbucks.

— Plus on roule vite, moins le temps passe vite, n'est-ce pas ? a dit Robinson en regardant défiler le paysage et les panneaux publicitaires.

J'ai repensé au cours de physique, qui me semblait à des millions d'années derrière moi (alors que dire à propos du temps ?).

— C'est une question de nanosecondes, un truc du genre. Plus tu es proche de la surface de la planète, plus le temps progresse lentement, ai-je tenté d'expliquer.

— Une excellente raison pour ne pas escalader les montagnes ! reprit Robinson.

— Comme si c'était au programme ! ai-je répondu.

— Exact. L'idée de plonger dans le vide pour me rapprocher de la mort ne m'a jamais effleuré… Tu penses parfois à ce qui va arriver après ?

— Après quoi ?

— Après qu'on aura gagné des ailes.

— Ne plaisante pas avec ça.

Je préférais fixer la route avec obstination.

— Je ne plaisante pas, c'est une question.

— Ah… Gagner des ailes ?

— Tu ne te souviens pas ? Sophie, l'infirmière, elle le disait souvent. Elle était sincère, dit Robinson.

J'écrasais l'accélérateur. Je frôlais la vitesse maximale autorisée.

— Parce qu'elle croit qu'on devient un ange après la mort, ai-je répondu. Alors que toi, tu penses qu'on crève.

— Désolé. Encore mon vocabulaire.

— Moi, je ne trouve pas ça drôle.

En vérité, à l'hôpital nous avions beaucoup blagué sur la mort. Tous les patients le faisaient, cela nous déstressait, nous aidait à surmonter notre oiseau de la mort. Grâce à cet état d'esprit, les affreux trucs comme la chimio, les nausées et la boule à zéro paraissaient moins sordides. Mais je pensais – et j'espérais – que Robinson et moi l'avions laissé derrière nous, parce que ce n'était plus… médicalement approprié.

— Robinson, je voudrais croire qu'il existe quelque chose de l'autre côté, mais il n'y a pas de preuve. Personne n'a jamais envoyé de carte postale depuis l'au-delà.

— Pas cool les mecs.

— Ouais. T'entends ça, Carole Ann, pas cool du tout…

Robinson a posé la main sur mon genou.

— T'inquiète, Axi, moi je t'écrirai.

C'est comme s'il m'avait donné un coup de poing dans le ventre.

J'aurais voulu rire, montrer que je savais qu'il plaisantait. Mais je n'en étais pas absolument sûre.

38

Robinson a dormi pendant la longue traversée de la Pennsylvanie. Dans la nuit, cet État ressemblait à n'importe quel autre. Je fonçais à cent vingt.

Au petit matin, à East Orange, dans le New Jersey, j'ai envoyé Robinson dans un supermarché Pathmark pour qu'il achète de quoi manger (« de la nourriture saine », avais-je précisé en espérant qu'il n'éviterait pas le rayon des fruits frais). Pendant ce temps, je suis allée en face, chez All That Glitters is Gold (Tout ce qui brille est d'or).

Grâce à mon père, je connaissais les monts-de-piété. C'est ainsi que, pour cinquante dollars et le bracelet en or offert par ma mère, j'ai acheté une guitare acoustique à Robinson.

— Tu étais où ? m'a-t-il demandé en revenant du Pathmark.

Il a posé le sac de courses (qui contenait des bananes !) sur le siège arrière.

— Une petite balade…

Je retenais mon sourire en pensant à la guitare cachée dans le coffre, sous la tente.

« Achat or, diamants, montres – Paiement comptant »

— Et toi ? Tu as vraiment acheté des fruits et des légumes ?

— Dis-moi d'abord où tu es allée, a-t-il insisté en me bécotant le cou.

— Non !

Pourtant, chaque fois qu'il me touchait, mon corps se hérissait de partout.

— Axi, dis-le-moi.

Ses lèvres, légères et taquines, sont passées de mon cou au lobe de mon oreille.

— Robinson…

Je pourrais tout dire, lâcher tous mes secrets, s'il continuait ainsi.

Je me suis penchée vers lui, ma bouche a trouvé la sienne. Avant même de m'en rendre compte, mes doigts déboutonnaient sa chemise. Les deux premiers boutons étaient déjà défaits quand Robinson s'est brusquement écarté pour se coller à la portière et se reboutonner précipitamment.

Ça m'a fait l'effet d'une douche froide. J'étais confuse. Ne le voulait-il pas autant que moi ?

— Pardon, mais… pourquoi ?

— Là, des vigiles.

Trois costauds parcouraient le parking. Robinson a fait un signe de tête aux deux qui étaient tout proches de la voiture. Ils auraient pu ouvrir et s'installer sur la banquette arrière, je n'aurais rien vu, tellement Robinson emplissait tous mes sens.

— On devrait y aller, Axi. On pourra… continuer plus tard.

— OK.

Les joues rouge tomate, j'avais envie de hurler : *Et comment !*

— Mais tu sais quoi ? Je crois que je vais reprendre le volant.

J'étais soulagée qu'il se sente mieux, transportée de joie à l'idée de pouvoir l'embrasser quand je voulais – sauf en présence de vigiles, bien sûr. Et moi, la petite provinciale Axi Moore, je n'ai pas du tout flippé quand le ciel new-yorkais est apparu le long de l'autoroute, avec ses sommets et ses vallées de gratte-ciel argentés. Je me fichais que nous soyons bloqués dans les embouteillages du Holland

Tunnel pendant quarante-cinq minutes ou que Robinson se perde dans East Village.

Il conduisait. Il était heureux et fort. Et ça embellissait tout.

« Merci, bonne journée ! »

39

COMME DES TOURISTES, NOUS AVONS FLÂNÉ sur Saint Mark's Place, essayé des lunettes de soleil bon marché vendues par les camelots, navigué dans les étages de Trash and Vaudeville où j'ai photographié Robinson, une veste argentée sur le dos. À la libraire Saint Mark, j'ai acheté *Feuilles d'herbe*, de Whitman, et un autre recueil de poèmes de Dylan Thomas.

— De la poésie ? a dit Robinson, consterné.

— Lis-en un.

Robinson a ouvert le Whitman au hasard, puis s'est éclairci la voix.

— « Un enfant m'a dit Qu'est-ce que l'herbe ? en m'en apportant plein les mains ; Que pouvais-je répondre à cet enfant ? Pas plus que lui je ne sais ce que c'est. Je suppose qu'elle doit être l'emblème de mon naturel, tissu d'une verte étoffe d'espoir*. »

Il m'a regardée, intrigué.

— J'aime bien ce… « Tissu d'une verte étoffe d'espoir ».

---

* Walt Whitman, *Feuilles d'herbe*, traduction de Léon Bazalgette, Mercure de France, Paris, 1922.

— J'ai quelque chose que tu vas aimer encore plus.

Je l'ai pris par la main jusqu'à la voiture.

— Une surprise ?

— Regarde sous la tente.

Quand Robinson a sorti la guitare, son visage s'est illuminé. Il l'a soupesée, admirée puis a pincé une corde.

— Axi, comment… ?

— Viens jouer.

Je ne tenais pas à lui avouer que mon bracelet y était passé – l'unique bijou que ma mère m'avait offert.

Main dans la main, on a marché vers Tompkins Square Park et trouvé un banc sous les feuilles rondes d'un ginkgo. Robinson a gratté les cordes un petit moment pour les accorder. L'air me semblait familier, mais c'est seulement quand il l'a chanté que j'ai reconnu *I'll Melt with You*.

— *Moving forward using all my breath**…

Je n'ai encore jamais parlé de la voix de Robinson, sans doute parce que je ne peux pas la décrire. Elle est à la fois claire et rocailleuse, intime et puissante. Souvent, elle est douce. Elle ne vous pénètre pas seulement par les oreilles, mais aussi par le corps. Et par le cœur.

Quelques passants ont commencé à s'arrêter pour l'écouter chanter. Robinson ne se rendait pas compte de l'attroupement qui se formait.

Il fixait ses bottes en battant le rythme sur le macadam. De temps à autre, il me regardait dans les yeux et chantait rien que pour moi :

* « Aller de l'avant, user tout mon souffle… »

— *I'll stop the world and melt with you**...

Le cercle des badauds s'est élargi. Des jeunes, des vieux, tous les âges. Beaucoup de parents avec leurs enfants qui tenaient des lapins en peluche ou des ballons de foot. Des parents qui connaissaient les paroles pour avoir dansé dessus vingt ans plus tôt, avec leur premier amour de lycée.

Au début, ils fredonnaient discrètement, mais petit à petit, ils se sont mis à chanter. Et d'autres ont joint leurs

* « J'arrêterai la marche du monde pour me fondre en toi... »

voix. Ils n'avaient plus leurs visages de citadins indifférents, mais souriaient. Ce fut une vraie chorale ! Je le jure, certains avaient les larmes aux yeux tellement Robinson jouait divinement.

Quand la chanson s'est arrêtée, il y a eu un grand silence. J'ai cru que la ville entière s'était tue pour prendre une grande respiration. Comme si chacun, partout, songeait à la vie, combien elle peut être heureuse, triste, formidable, terrible ou précieuse.

Puis le silence s'est brisé. Une femme en robe jaune a applaudi. Tout comme la musique s'était propagée, les applaudissements ont gagné l'assemblée. L'une s'est mouchée, un autre regardait le ciel en battant des paupières, ému, mais la plupart souriaient.

Un vieil homme s'est approché pour poser sa casquette sur le sol :

— Vous avez oublié le chapeau !

— Pardon ? a répondu Robinson.

Il était resté immergé dans son monde. Le monsieur ressemblait un peu à Ernie. Il s'est tourné vers les spectateurs :

— Par ici la monnaie pour le jeune musicien !

Robinson et moi étions sidérés : les uns et les autres donnaient des pièces et des billets. J'ai vu une maman en confier un à sa fille qui l'a ensuite déposé dans la casquette. Elle avait l'âge de Carole Ann à sa mort, l'âge que ma sœur aurait toujours. Ses cheveux étaient roux, comme les siens.

— Merci, ai-je murmuré.

Après, tout le monde s'est égaillé. Nous étions à nouveau seuls. La casquette était remplie.

— Axi, nous sommes riches ! a-t-il rigolé en m'attirant sur ses genoux.

Oui, c'était comme si nous l'étions.

40

On a décidé de faire une folie en se payant une nuit d'hôtel. Cela nous a semblé une meilleure idée que de dormir dans un parc, où nous aurions eu tout de même de l'excellente compagnie.

Le Grand Street Hostel se trouve à la lisière de Little Italy et de Chinatown. D'extérieur, il a de l'allure. Un couple de routards fumaient devant la porte. Le gars de la réception était amical comme une porte de prison.

Nous avons rapidement compris la différence entre un hôtel et un hostel, parce qu'elle va bien au-delà d'une simple lettre. Quand vous trouvez un *s*, oubliez l'intimité, le confort et, dans notre cas, les plafonds. Cet hostel se composait d'un dédale de minuscules cellules séparées par des murs de carton-pâte, empilées dans une sorte de hangar géant.

— Ça ressemble plutôt à une prison, a dit Robinson.

— Sans rire, j'ai cru que le réceptionniste allait prendre nos empreintes digitales.

Nous avions tout de même une chambre, avec des lits jumeaux collés l'un contre l'autre, et quinze centimètres de chaque côté pour en descendre.

« Aime moi »

— Les draps ont l'air propres, a fait remarquer Robinson.

Il m'a embrassée avant de ressortir pour trouver la salle de bains.

Je me suis assise sur un lit et j'ai contemplé le plafond absent. Une déplaisante conversation téléphonique me parvenait de la cellule voisine. *C'est pas ma faute si tu t'es fait virer. Tout le monde te déteste…*

J'ai fredonné *Tangled Up in Blue,* pour ne plus entendre. Vous n'auriez pas reconnu l'air, puisque je chante comme une casserole. Je ne sais pas jouer d'un instrument, non plus. Mais Robinson me rassure toujours quand il m'entend !

J'ai continué de chantonner en triturant le drap. J'étais nerveuse et fébrile. Nous ne nous étions pas retrouvés seuls dans une chambre depuis Los Angeles où l'activité commune avait été de regarder *Le Chat potté*. Chastement. Que se passerait-il ce soir ? Jusqu'où tiendrait ma vertu ?

Autre aspect du voyage que je n'avais pas planifié. Une route que je devais tracer à l'instinct.

Quand Robinson est revenu, il avait les cheveux humides et sentait le savon. Sa chemisette, non boutonnée, pendait sur ses épaules, et il portait un pantalon léger.

Il a posé son jean plié sur le sac à dos et s'est assis à côté de moi, sur le lit dont les ressorts ont soupiré.

— Coucou ! ai-je lancé.

— Coucou toi. Tu veux faire quoi maintenant ?

Je connaissais parfaitement la réponse à cette question, même si elle m'effrayait un peu. J'ai inspiré profondément pour me donner du courage.

J'ai retiré mon T-shirt.

Robinson a marqué un temps d'arrêt, puis a écarté mes cheveux pour m'embrasser sur la nuque. J'ai frissonné, j'ai senti la chair de poule me gagner.

L'incroyable tiédeur de ses lèvres irradiait ma peau. J'ai penché la tête, il a glissé son doigt dans le creux de ma nuque avant de le redescendre le long de mon épaule. Il déposait des baisers, me chatouillait de son menton râpeux.

Nous sommes tombés à la renverse, Robinson sur moi. J'ai senti qu'il enlevait son pantalon. Nous nous sommes mêlés, bouches, langues, souffles.

Dans la pénombre, il me contemplait comme s'il m'avait perdue pendant un millier d'années et qu'il venait juste de me retrouver. Je le regardais, pleine d'attente : il me restait tant à découvrir de lui. La cicatrice sur sa paume, les veines bleues de son poignet, le triangle de grains de beauté sur sa poitrine. Tant de détails secrets. Je voulais les connaître tous.

Mais j'ignorais jusqu'où nous irions ce soir. Je voulais prendre mon temps… et je voulais brûler les étapes.

— Est-ce que tu… ? a demandé Robinson.

— Je n'ai aucune protection, si c'est la question.

Ma voix était trop forte, grinçante. J'étais gênée.

Il a… grogné ? Ri ?

— Je ne veux pas d'enfant, ai-je repris.

Là, il a franchement ri.

— Axi ! On va un peu vite, non ?

Je me suis cachée la tête sous la couverture. Tout cela était tellement nouveau pour moi. Qu'y pouvais-je si je faisais tout de travers ?

Pourtant, je devais parler. Je me suis forcée, malgré la honte que j'éprouvais.

— Robinson, je ne croyais pas que nous allions faire un bébé maintenant, tout de suite. C'était une considération philosophique. Avec les gènes cancéreux des Moore et le réchauffement climatique, mon enfant serait condamné d'avance. Il naîtrait avec des yeux bleus et une bombe dégoupillée à l'intérieur du ventre, comme le reste de ma famille. Je suis une mauvaise pioche.

— Les yeux bleus seraient si beaux… a-t-il répondu doucement.

J'ai souri. Son bras était sous mon cou, ma main sur son torse. Nos corps et nos cœurs unis en un seul être, parfait et sans défaut.

41

Le lendemain matin, nous nous sommes réveillés dans la même position – comme par miracle, Robinson n'avait pas de fourmis dans le bras. Ensuite, nous avons pris un grand café à la boulangerie voisine, avec des bagels grillés et beurrés, les préférés de Robinson. Puis départ en métro pour le Metropolitan Museum of Art.

Lorsqu'un SDF a parcouru la rame, habillé comme en plein hiver – on était au mois de juin –, Robinson a farfouillé dans ses poches et sorti un billet chiffonné.

— De l'argent et une demoiselle merveilleuse, t'es comblé, mon prince ! a-t-il lancé en guise de remerciement.

— À la vérité, c'est vous qui l'avez mon argent, maintenant !

— Mais avec elle à tes côtés, tu n'en as plus besoin…

— C'est exactement ce que je pense ! a conclu Robinson.

Il a posé son bras sur mes épaules comme si je lui appartenais.

« Boulangerie »

Au Met, nous avons déambulé dans les vastes salles pour admirer les œuvres que je ne connaissais qu'en reproductions : la *Cathédrale de Rouen* de Monet, les *Cyprès* de Van Gogh, *l'Iris noir* de Georgia O'Keeffe et *Rythme d'automne* de Jackson Pollock.

Alors que j'admirais les toiles de maîtres, l'image de Robinson, torse nu, allongé près de moi, m'est revenue à l'esprit. J'avais du mal à me concentrer. Parfois, quand il me regardait étrangement, je me demandais s'il pensait comme moi. « Une jolie fille déshabillée vaut mieux qu'un million de statues. » C'est le poète E. E. Cummings qui l'a écrit (je n'étais qu'à demi nue tout de même).

Devant le portrait de la superbe *Madame X*, peint par John Singer Sargent, Robinson s'est arrêté, l'air approbateur :

— C'est sûr qu'on n'a pas ça à Klamath Falls !

J'avais pensé que je regretterais ma ville natale, parce que, même merdique, c'était la mienne. Mais non, rien ne me manquait – tout ce qui comptait vraiment était déjà parti ou se trouvait ici, à mes côtés, dans ce musée.

Arrivés devant la tombe égyptienne (celle-là même qui a bouleversé Holden Caulfield, le héros de *L'Attrape-cœurs*), Robinson s'est penché pour chasser une saleté de sa botte.

— Je ne vais pas prendre ça pour un signe, a-t-il dit.

— Un signe de quoi ?

— Du destin. Est-ce que ce n'est pas pire de croiser une tombe égyptienne que lorsqu'un chat noir traverse devant toi ? Tu sais, la malédiction de Toutankhamon, ce genre de trucs…

— Mais non, voyou ! Ne sois pas si bête. On est tombés dessus par hasard, on aurait bien pu se retrouver devant la boutique ou le café…

— D'ailleurs, ça me rappelle que…

— … tu as faim.

— Exactement ! Tu sais ce que je veux aussi ?

— Non !

Bien sûr que je savais ! J'avais juste envie qu'il m'en fasse la démonstration.

Il m'a poussée contre le mur et a posé ses lèvres sur les miennes. Mes bras ont encerclé sa taille et je me suis cambrée contre lui. Voilà ce dont j'avais faim, moi…

Lorsqu'un groupe d'enfants a déferlé dans la salle, nous nous sommes éclipsés dans un recoin. Mais on se fichait que quelques gamins hilares nous espionnent et appellent leurs copains pour nous regarder.

On a fini par quitter le musée, heureux comme des gamins, nous aussi.

42

Il nous restait une dernière escale new-yorkaise : Nathan's Famous, sur Coney Island – qui n'est pas une île, mais une lointaine station sur la ligne F, cahotante et lambine. Un autre monde.

La plage était vaste et plate comme un parking, les vagues, lointaines et saccadées. Beaucoup de monde, des nageurs aussi. Dans l'Oregon, vous ne vous baignez jamais sans combinaison. L'océan Pacifique est glacé.

Robinson semblait épuisé, mais nous avons tout de même longé la promenade du bord de mer, les autos tamponneuses et les attractions de fête foraine. Quelques cerfs-volants flottaient dans le ciel, des jeunes nous dépassaient sur des skate-boards. Il y avait des boutiques de souvenirs avec des piles de T-shirts arborant : *Freaky Coney Island.*

— Robinson, un tour sur le Cyclone ? Ou sur la Grande Roue ?

— Non. On se prend juste des hot-dogs.

Comme il avait l'air exténué, j'ai essayé de suggérer en douceur de rentrer à l'hôtel. Mais il n'a pas voulu en entendre parler.

— J'ai besoin de ma dose de nitrates. Et puis on est des touristes, alors on fait les touristes.

Nous avons donc tourné dans Surf Avenue, pour marcher vers l'immense enseigne verte du restaurant Nathan. Une grande terrasse était installée devant la façade. Les mouettes restaient perchées à proximité des tables, attendant les restes. L'air sentait la mer, la bière et la friture. Pas très appétissant, mais Robinson semblait regonflé, comme un enfant au matin de Noël.

— Combien j'en prends ? a-t-il demandé.

— Commence avec deux ! Moi, je vais manger une salade César, parce que je ne trouverai jamais de hot-dog au tofu dans ce menu.

— Deux ? Tu rigoles ! La Veuve noire et Thomas en ont mangé plus de quarante… C'est écrit là !

— Mais c'était un concours de bouffe ! Toi, tu fais un repas.

— T'as raison ! J'en prendrai… quatre. Deux normaux, un au chili et un à la choucroute.

— Tu es prêt à risquer ta vie pour un hot-dog ?

— Juste mon tractus gastro-intestinal.

On a emporté notre repas sur la plage, pour s'installer sur le sable tiède, plein de mégots et de cadavres de canettes. Mais tout de même ! L'océan bleu-vert était sublime, la météo était idéale et nous étions ensemble.

« Jeu du Bull »
(Athlète, Sportif, Marin, Macho, Camionneur, Étudiant, Employé, Gratte-papier, Fainéant, Mauviette)

— Tu arrives à le croire : il y a encore deux semaines, nous étions sur la plage en Californie ! a dit Robinson.

— C'est fou ! On a fait tellement de choses.

— Pas assez ! Si tu vois ce que je veux dire…

— Pervers ! ai-je répondu en lui lançant une poignée de sable.

Il a croqué dans son deuxième – ou troisième – hot-dog.

J'ai laissé ma salade défraîchie et huileuse et je me suis allongée. Les cerfs-volants tournoyaient au-dessus de moi. J'ai dû m'endormir. Lorsque j'ai rouvert les yeux, Robinson n'était plus à mes côtés.

Je l'ai cherché des yeux, mais comme je ne le voyais pas, je me suis levée pour retourner sur la promenade. Avait-il décidé d'aller voir la femme sans tête ou Insectavora, le cracheur de feu ? Ou bien de m'acheter une chope *Coney Island*, pour faire la paire avec la boule à neige Cedar Point ?

Mais il ne faisait rien de tout ça. Je l'ai trouvé près d'une barrière, plié en deux.

En train de vomir.

J'ai voulu poser ma main sur lui, mais il m'a repoussée.

— Robinson, tu dois voir un médecin, ai-je supplié.

Son visage était pâle, ses yeux injectés de sang et larmoyants.

— Pas de quoi en faire un drame, Axi. C'est à cause des hot-dogs, pas de tu-sais-bien-quoi.

— Comment tu le sais ?

— Ça va mieux. Et puis, c'était géant. Je suis sûr que je peux battre la Veuve noire : je mange, je dégueule, je remange, je redégueule, et comme ça, j'avale plus de hot-dogs que n'importe qui.

— Robinson, tu es malade… vraiment malade.

— Mais tu m'aimes, hein ?

— Oui, je t'aime. Tellement.

Dans le train du retour, Robinson s'est endormi. J'ai presque dû le porter jusqu'à notre chambre. Il avait l'air fiévreux. Lui disait que c'était une insolation. Tout sauf le cancer.

Je suis restée assise un long moment, à écouter les bruits de la ville, en le regardant dormir. Ses joues n'étaient-elles pas creusées ? Ses yeux plus enfoncés dans les orbites ? Son état s'était dégradé si lentement, avec subtilité, que je ne m'en étais pas rendu compte avant…

Je me suis blottie contre lui en repensant à cette histoire que j'avais refusé de lui raconter à Las Vegas. J'ai pressé ma joue sur son cœur, et me suis juré de ne plus jamais lui dire non.

43

— Nous devons aller à Philly, m'a annoncé Robinson.

— Ah oui ?

— Je sais que ça n'est pas sur la liste, mais c'est hyper important que je mange du cheese-steak à Philly.

— C'est une blague ?

Je venais de rendre la clé de notre chambre. Le soleil brillait dehors. *Il ne digère pas les hot-dogs, pourquoi diable me parle-t-il de steak ?*

— Pas du tout. Aujourd'hui, je veux m'éclater, faire toutes les débilités qui me passent par la tête.

J'ai posé ma main sur sa taille, glissé mes doigts sous sa chemise pour sentir le contact de sa peau. Il a frissonné.

— Non pas comme hier, ou avant-hier, quand tu étais le gentil garçon qui obéissait toujours ?

— Axi ! T'es une maligne.

Je ne voulais pas gâcher sa belle humeur, mais il fallait que je lui dise le fond de mes pensées :

— Robinson, c'est vrai qu'on s'est bien amusés, et qu'on va continuer, mais tu dois aller consulter un médecin. Pour être rassuré.

— Pas le temps, Axi. On a des endroits à visiter et des gens à voir.

On s'est mesurés du regard, pour jauger le degré d'entêtement de l'autre. Si j'insistais, je pourrais obtenir qu'il y aille. Juste un petit bilan, le cœur et les poumons, peut-être une radio et une prise de sang. Je resterais dans le couloir à lire des magazines en attendant les nouvelles rassurantes.

Non ?

D'un autre côté, si Robinson était hospitalisé dans la foulée, il m'en voudrait. Beaucoup. Éternellement, peut-être…

Axi, ce voyage, c'est le tien ? Le sien ? Parce que finalement, il en faut bien un qui décide.

— Allez, c'est à moins de deux heures de route. C'est pas comme si je te demandais de me conduire jusqu'à Daytona…

— T'es pas en train de m'annoncer la prochaine étape, hein ?

— Je le jure, croix de bois, croix de fer.

— OK, OK, t'as gagné.

— J'adore quand tu lèves les yeux au ciel, Axi ! C'est miiii-gnon !

— Stop !

— Et quand tu fronces le nez, comme si t'avais senti un truc bizarre, mais en fait, c'est parce que t'as pas encore décidé si tu devais te fâcher ou rire.

— Ah ouais. Tu m'aimes pour plein de trucs, dis donc. Elle est encore longue ta liste ?

J'étais fâchée, après moi-même… Pas fâchée, plutôt effrayée.

— Oui, plutôt, a-t-il répondu.

On s'est dirigés vers la voiture et j'ai pris le volant. Je nous ai conduits vers le Holland Tunnel comme un chef. On aurait pu croire que j'avais mon permis.

Robinson s'est tu pendant toute la traversée du tunnel. J'ai cru qu'il s'était endormi.

— J'aime voir ton nez se plisser quand tu te concentres, j'aime que tu coinces une mèche de cheveux derrière ton oreille parce qu'elle retombe aussitôt. J'aime tes yeux et tes lèvres parfaites. J'aime quand tu te mets du vernis à ongles et qu'il s'abîme dans les cinq minutes qui suivent. J'aime que tu emploies des mots compliqués que je suis obligé de chercher dans le dictionnaire. J'aime ton grain de beauté sur ton petit doigt gauche, j'aime comme tu…

« Ne pas faire marche arrière – Infraction »

Je n'avais pas besoin d'en entendre davantage, mais de l'embrasser. Alors, j'ai garé la voiture sur le bord de la route et là, avec l'horizon new-yorkais derrière nous, je me suis jetée sur lui !

— Hum, ça va nous prendre un temps fou pour arriver à Philly, a dit Robinson, riant, parlant et m'embrassant à la fois.

— On a le temps. Tout notre temps…

44

— ALORS, VOYOU, PAT'S KING OF STEAKS ou Geno ?

Nous étions arrivés à Philly en moins de deux heures, j'avais garé la voiture entre les deux institutions du steak, à un bloc l'une de l'autre, comme deux capitaines de navire se dévisageant.

— Finalement, a bâillé Robinson, je n'ai plus si faim que ça. Je crois que j'aurais besoin d'une boisson chaude.

C'est là qu'il a posé une main sur son estomac, un geste inhabituel chez lui qui m'a alarmée.

Avec plus de vingt-cinq degrés dehors, je dégoulinais derrière le pare-brise.

— Tu as froid ?

Autrement dit, il avait de la fièvre, donc une infection, donc il fallait se rendre à l'hôpital le plus proche. Parce que les infections sur des personnes présentant un déficit immunitaire, comme disent les médecins – le cas de Robinson, lui qui avait subi quantité de chimios, de radiothérapies et de transplantations –, étaient mortelles.

J'ai voulu poser ma main sur son front, mais il l'a repoussée en criant non.

— Une tasse de thé. Ensuite, on ira manger un cheese-steak.

Il est descendu de voiture et s'est éloigné, alors que je le regardais à travers le pare-brise, désemparée et inquiète. Que devais-je faire ? Le traîner chez un médecin pour qu'on lui prenne la température ? Il refuserait.

Je suis sortie et l'ai rattrapé. Rapidement, parce qu'il marchait comme un petit vieux, chaque pas semblant lui demander un effort.

— Un peu de caféine et ça repart !

Mon Dieu, faites qu'il dise vrai. Je l'ai pris par la main.

On s'est installés, dans un café, à une table proche de la vitrine. Les fauteuils étaient larges et confortables. Un type a foncé sur la table voisine, au téléphone tout en hélant la serveuse comme si c'était une question de vie ou de mort qu'il soit servi le premier :

— Deux grands Earl Grey, avec du lait de soja et du sucre brun, à part.

Robinson l'a dévisagé, sidéré.

— Bienvenue dans la capitale de l'amour fraternel… Waouh. Mais pourquoi je suis si fatigué ? a-t-il ajouté en posant la tête sur la table.

Parce que tu as un cancer, voulais-je hurler.

J'ai mis ma main dans son épaisse tignasse. J'avais presque oublié à quoi il ressemblait, sans. Elle avait mis du temps à repousser après les chimios, mais maintenant, elle était touffue et longue.

— Continue, ça fait du bien.

— Robinson, on doit retourner à l'hôpital. Notre hôpital. Avec ma carte de crédit, je pourrai payer des billets d'avion. On peut y être dans dix heures.

— Je n'aime pas l'avion.

— Tu dois voir le Dr Suzuki. Elle saura ce qu'il faut faire.

— Chaque fois que j'entends son nom, je pense aux leçons de violon ! T'as entendu parler de la méthode d'apprentissage Suzuki, pour la musique ?

— Ne change pas de sujet.

— Tu prétends qu'elle saura, mais s'il n'y a plus rien à faire ?

« C'est chouette d'être sympa/Essayez »

— Il y a toujours quelque chose à faire, Robinson.

— Tu as tout planifié, Axi, s'il te plaît, ne fous pas notre voyage en l'air.

— Mais, Robinson, on ne va pas fuir pour toujours. Il faut une fin.

— Je sais. Encore une dernière étape.

— Où ça ? Ne me dis pas que tu veux descendre jusqu'à La Nouvelle-Orléans pour manger du jambalaya.

— T'inquiète pas, Axi ! Mon estomac ne fera plus le dictateur. Disons… que c'est deux États plus au sud.

— Waouh. Encore deux.

Je doutais fort que Chuck-le-Truck puisse nous emmener jusque-là.

Notre voisin a recommencé à hurler au téléphone. Sur sa table prévue pour six étaient étalés un iPad, un Blackberry, une serviette en cuir, un exemplaire du *Philadelphia Inquirer* et ses clés de voiture, comme au bureau.

Ses clés de voiture…

J'ai eu subitement une idée qui aurait choqué l'ancienne Axi jusqu'au plus profond de son âme. Heureusement, elle n'existait plus.

— Axi ? Ça ne t'intéresse pas que je te dise où ?

— Si. Plus tard.

Je fixais le type. *Lève-toi… Allez, lève-toi.*

— Ed ! Ils déconnent tes chiffres, hurlait-il.

Et là, comme si ce que je pensais très fort le téléguidait, il s'est levé et s'est dirigé vers les toilettes. J'ai attrapé les clés en un clin d'œil.

— Robinson, retrouve-moi à l'angle.

J'étais dehors avant qu'il ait eu le temps d'ouvrir la bouche.

J'ai couru dans la rue en faisant biper le déverrouillage devant les voitures garées. Une Acura bleue ? Une Toyota métallisée ? Je ne pensais pas une seconde à ce que j'étais en train de faire. Je devais juste prendre soin de Robinson. Si nous allions loin, il fallait qu'il soit installé confortablement.

J'avais déjà parcouru la moitié de la file et aucune voiture ne clignotait en réponse. J'ai commencé à stresser.

J'étais en train de voler une voiture.

En plein jour.

Allez, où es-tu ? Allume tes phares.

Alors que j'étais sur le point de renoncer, j'ai entendu un bip. *Ça y est, la voiture !* C'était une Mustang GT bleu nuit. Décapotable.

J'ai sauté en l'air comme une folle. Robinson allait adorer !

Les doigts dans le nez, je me suis installée au volant. Les sièges étaient en cuir, l'intérieur était clinquant comme son propriétaire. J'ai eu un petit remords, mais ça n'a pas duré.

La Mustang a bondi lorsque j'ai démarré. Je me suis arrêtée juste derrière notre fourgonnette pour transférer nos sacs. Robinson était appuyé contre une cabine téléphonique.

— Dépêche-toi, le bus va partir !

Il a marché vers moi, les yeux écarquillés comme des soucoupes. Ça lui a pris quelques instants pour se glisser sur le siège du passager. J'ai démarré. Nous étions partis.

— Axi, est-ce que… tu as ? Ou alors…

— Oui, Clyde, avec des clés. C'est tellement plus simple que le tournevis.

— Je rêve.

— C'est juste un emprunt au type bruyant.

Robinson détaillait l'intérieur, il n'en revenait pas.

— Moteur V8, 4,6 litres, 315 chevaux, deux cent soixante kilomètres heure. Que du muscle. C'est un monstre, Axi… Et moi qui pensais que je ne pouvais pas t'aimer encore plus !

Il a éclaté de rire, un long rire joyeux comme il n'en avait pas eu depuis plusieurs jours.

— Waouh, merci mon Dieu ! J'ai vraiment cru que j'allais mourir et monter au ciel, a-t-il achevé.

45

ROBINSON M'A DEMANDÉ DE PRENDRE plein sud. C'est ce que j'ai fait, sans poser de question. J'étais disposée à obéir à tout ce qu'il demanderait, mais, il faut le reconnaître, la Mustang était performante. Il y avait une direction assistée, l'air conditionné et « un système stéréo Bose qui avait dû coûter une blinde », pour citer Robinson. La Mustang dévorait les kilomètres.

Somnolant, Robinson regardait défiler le paysage.

— T'as remarqué, Axi, on dirait que le pays entier est bâti sur le même modèle : une ville, une banlieue, une zone agricole, et ça recommence, une ville, une banlieue, une…

— Comme ça, tu n'es jamais loin d'un McDo !

— T'as raison, je respire mieux.

Ce soir-là, après le Delaware et le Maryland, j'ai fait halte sur une aire en Virginie, au milieu des Blue Ridge Mountains. Dans le crépuscule moite, j'ai déroulé nos sacs de couchage en lisière de forêt. Je n'ai pas voulu installer la tente parce que je ne souhaitais pas attirer l'attention. Les panneaux d'informations des aires de repos, sur l'Interstate, indiquaient une tolérance pour y dormir, mais non pour camper. C'est vrai que le camping sauvage n'ajouterait pas une grave pénalité à ma longue liste de délits, mais je n'avais pas envie d'être réveillée par la lampe-torche d'un policier, braquée sur notre toile de tente.

J'ai proposé un Slim Jim à Robinson, acheté à la dernière station-service, mais il l'a refusé.

— Le Filet-O-Fish du dîner s'est transformé en plomb dans mon estomac. Je vais être obligé de gerber.

— Je t'avais dit de prendre une salade… En plus, elle était bonne.

— Pff. Manger de la salade chez McDo, c'est pareil que ressortir de Toys'R'Us avec un taille-crayon.

Il s'est glissé dans son sac de couchage sans même se déshabiller.

— Ben, moi je vais bien.

— Parce que t'as plus le cancer.

Sa remarque m'a coupé la chique. Dans le silence qui a suivi, j'écoutais le chant des criquets et le vrombissement des voitures circulant sur l'autoroute. Si je fermais les yeux, j'imaginais que c'était le ressac des vagues. J'ai senti la main de Robinson chercher la mienne.

— Je suis désolé, Axi. Je n'aurais pas dû dire ça.

— On doit faire comme si tout allait bien ? Ne croire que ce qu'on choisit de croire ? C'est ça que tu veux, Robinson ?

J'étais au bord des larmes. Il est resté silencieux un moment, front plissé.

— Je ne sais pas. On va se réveiller demain matin et reprendre la route. Essayer de rire. S'aimer. Quoi d'autre ?

— J'ai peur.

— Il n'y a pas de quoi avoir peur, Axi.

Il a porté ma main à ses lèvres pour embrasser ma paume, bien au milieu.

— Dis-moi, c'est vraiment ça que nous voulons croire ? ai-je repris. J'ai l'impression de trébucher et de revenir en arrière, en espérant le meilleur. Où allons-nous ? Quelle est notre route ? Au sens métaphorique, j'entends… Dans chaque boîte de Lego, il y a une notice d'instructions. Un jour, j'ai même lu une page Web qui expliquait comment commander un café au Starbucks.

— Ah ouais !

— Ouep ! Étape 1, faire son choix avant de se mettre dans la queue, étape 2, etc., et ça finissait par « Merci beaucoup » !

Robinson riait à présent. J'étais contente d'avoir réussi à le sortir de ses idées noires, mais moi, je n'allais pas mieux.

— Les instructions pour les décisions importantes, c'est quoi ? Celles pour s'en sortir dans la vie…

— Axi, si on les avait, ce ne serait plus la vie. Ce serait un commandement. Un pensum. Ne pas les connaître fait partie du deal.

Je savais qu'il avait raison, mais cela ne me plaisait pas. Je me suis collée à lui autant que j'ai pu, malgré nos sacs de couchage individuels.

— En apparence, la vie n'a aucun sens, et pourtant, il est impossible qu'il n'y en ait pas un !

— Euh… Axi ?

— Einstein. M. Fox l'a écrit un jour au tableau.

— J'aime bien !

— Je veux trouver le sens.

J'avais l'impression que Robinson et moi étions pris entre deux mondes : celui dans lequel nous avions vécu, un monde de liberté, de beauté et de – oui, on peut le dire – totale irresponsabilité ; et l'autre, plus sombre et triste, celui dans lequel nous nous apprêtions à entrer. Je voulais savoir comment y naviguer.

— Mets-le sur ta liste au Père Noël.

— Ne me prends pas pour une gamine. Je ne sais même pas où tu m'emmènes.

Robinson a regardé le ciel, immense, bleu velours. Les premières lueurs étoilées s'allumaient, les unes après les autres.

— Ce qui a du sens et ce qui est certain, c'est que je t'aime, Axi Moore. Et je t'aimerai toujours, jusqu'à la fin de ma vie.

Les larmes roulaient sur mes joues.

— Moi aussi, je t'aime, Robinson. Pour toujours.

On s'est embrassés, enlacés, et on a fermé les yeux après s'être souhaité bonne nuit.

En cette nuit d'été, à la belle étoile, je sentais la rotation de la Terre rien qu'en braquant les yeux sur la voûte. Bercée par les chants des criquets qui se répondaient, je me suis demandé combien de temps dureraient nos vies.

Comment peut-il être si certain ? La réponse était évidente : il n'en savait rien.

J'ai fini par m'endormir. Au milieu de la nuit, nos bras se sont de nouveau mêlés. La nuit nous retenait, dans sa grande, douce et sombre étreinte.

Robinson a murmuré d'une voix ensommeillée :

— On devrait se marier…

J’étais muette. Mon cœur était trop plein. Rempli de joie et de stupeur. D’insouciance aussi. Parce qu’on ne vous laisse pas faire ça à seize ans. J’ai posé ma tête sur sa poitrine tout en souhaitant me fondre en lui. J’ai réglé ma respiration sur la sienne, ses longues inspirations. Je crois qu’il s’était rendormi.

Avait-il parlé en dormant, finalement ?

46

Le lendemain après-midi, quelque part en Caroline du Nord, nous sommes sortis de l'autoroute pour faire halte dans un parc, avec un lac et une plage.

— On va se reposer ici, a dit Robinson. J'aime bien cet endroit.

Bordé d'arbres, le plan d'eau était tranquille, reflétant le bleu du ciel. J'ai baissé ma vitre pour humer l'odeur des pins.

— Oui, c'est mignon.

On a marché vers la rive, Robinson a ramassé un caillou plat pour le lancer à la surface. La pierre a ricoché une, deux, trois fois.

— Pas terrible. J'arrivais jusqu'à douze, avant.

Je l'ai pris par la taille. Cela faisait du bien de sentir mes muscles, de les détendre… surtout mon pied droit !

— On pourrait essayer de louer un kayak et ne repartir que demain ?

— J'ai toujours adoré venir ici…

— Quoi ?

— On fabriquait des radeaux avec des vieux cartons et du polystyrène. On les attachait les uns aux autres et, après, on s'entassait dessus pour voir lequel serait le plus solide. On a eu des ennuis parce qu'il fallait un permis pour naviguer. Nous, on disait que ce n'était pas un bateau, mais un radeau. J'avais neuf ans.

— Hé, tu parles de ce lac devant nous ?

— Oui ! Je suis né à cinq kilomètres d'ici.

Je n'ai pas pu m'empêcher de lui donner une bourrade.

— Désolée, mais… tu m'as ramenée chez toi ?

— J'avais envie que tu rencontres mes parents.

Il l'a dit comme ça, comme si c'était le truc le plus simple du monde.

Je n'en revenais pas. Moi qui ne savais même pas où nous étions, voilà que j'allais faire la connaissance de ses parents. Des gens aussi irréels qu'une paire de licornes.

— Bienvenue à Asheville, en Caroline du Nord. Ancienne capitale de la tuberculose, surnommée aujourd'hui Paris du Sud. Et pour les Rolling Stones, la New Freak, capitale des États-Unis.

Je ne savais pas si je devais rire ou pleurer, l'embrasser ou le frapper.

— Tu as attendu tout ce temps pour me le dire ?

— Faut savoir surprendre sa belle pour entretenir l'amour ! C'est plus romantique. Maintenant en route pour les attractions touristiques.

Pendant une heure, il m'a montré sa ville natale. La boutique où il avait acheté sa première guitare, l'orme duquel il était tombé en se cassant le bras, l'école élémentaire où il avait lancé son club de rock'n'roll (« C'était dingue, des vieux cons protestaient en disant que notre musique était dantesque »).

Rien de particulier et, pourtant, tout me semblait extraordinaire : j'entrais dans l'enfance top secrète de Robinson. Je voulais m'arrêter à chaque coin de rue, regarder à travers toutes les fenêtres, interviewer les passants pour demander s'il l'avait connu enfant. Robinson venait de m'ouvrir la porte sur son passé et moi je ne désirais rien de plus que de m'y engouffrer.

Devant un drugstore coincé entre un café et un magasin de verrerie, il m'a touché le bras.

— Regarde ! Ici, c'est comme chez Ernie, mais le café est pire : c'est du vitriol ! Je te jure qu'un jour, j'en ai fait tomber une goutte et ça m'a troué le pantalon… Ou alors c'était vraiment de l'acide, finalement ! Faut dire que je passais beaucoup de temps dans la boutique de mon père.

— Un magasin ?

— Son atelier de réparations automobiles. Chez Robinson.

— Waouh ! Il lui a donné ton nom ?

— On peut dire ça.

— Bah quoi ! Qui d'autre ? La famille des Swiss Robinson ? Robinson Crusoé ?

— Tu vois là-bas ? C'est le lampadaire qui a mis fin à la Cheemer de mon frère !

— Une Cheemer ? Connais pas.

Et puis, la conversation bagnole, je n'en raffolais pas.

— Une Chevrolet équipée d'un moteur BMW. Jay Leno en a une.

— Ah. Un méli-mélo de bidouilleries mécaniques alors.

— Voilà ! Comme dans *Folsom Prison Gangstaz* : *I got beat for the street, Ta pump in ya jeep**…

— Stop, Robinson. Y a quelqu'un qui te regarde bizarrement.

— Je m'en fous !

Mais il s'est interrompu quand même. Il avait l'air épuisé et m'a indiqué la direction à prendre : vers l'est. Nous sommes passés devant Biltmore House, une gigantesque demeure construite pour un Vanderbuilt, mais Robinson ne se souvenait plus de son nom. On aurait dit un château de conte de fées, où Cendrillon aurait pu vivre avec son prince charmant, heureux pour toujours.

Et mon happy end à moi ? Je voulais le connaître. Pourquoi elle y avait droit et pas moi ?

Je me suis rangée sur le bas-côté et me suis tournée vers Robinson.

— Mais oui, Axi, c'est parfait ici !

On était au milieu de nulle part, près d'un bosquet d'arbres.

— Qu'est-ce qu'il y a de bien, ici ? ai-je demandé.

---

* Rap, début des paroles de Eazy-E, Gangsta Beat 4 – Rap.

Robinson a détaché sa ceinture de sécurité et m'a tirée vers lui. Sa bouche s'est collée tout contre la mienne et il a murmuré :

— C'est ici que j'aurai fait ceci…

Il m'a embrassée, si longtemps, doucement et tendrement que j'en ai presque pleuré – parce que nous étions ensemble, et que c'était peut-être la fin de la route.

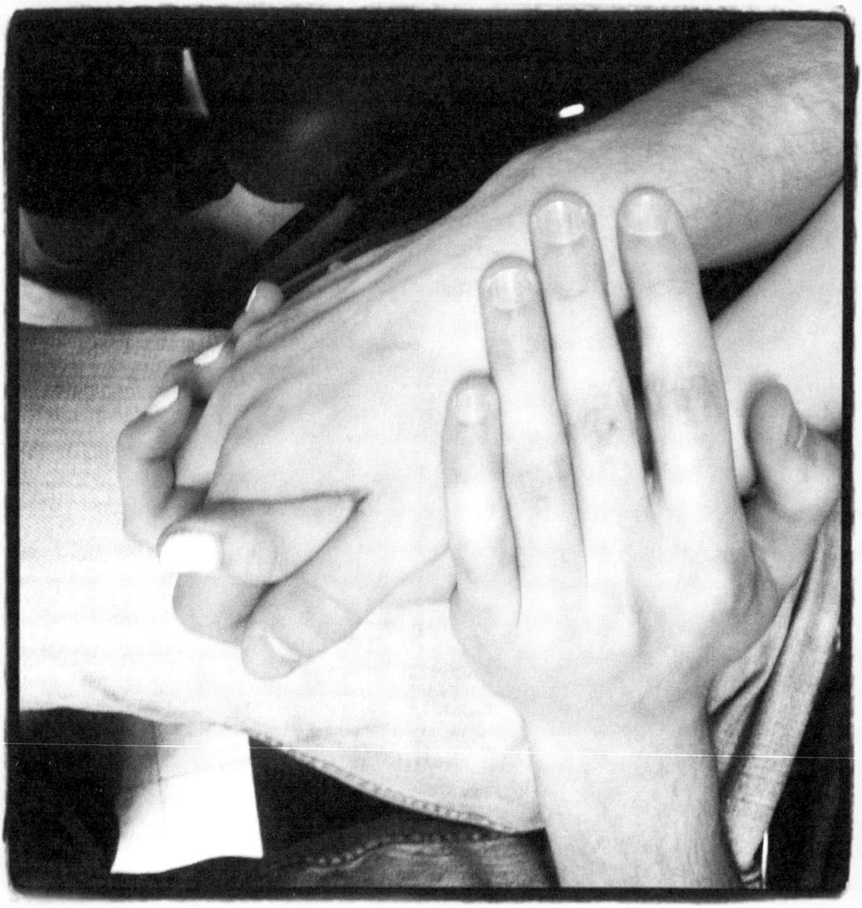

47

La maison était de style victorien, à deux étages, avec une tourelle, des vitrages élaborés et une très grande véranda. Les marches du perron étaient creusées par l'usure, la peinture de la façade commençait à s'écailler. Mais cette patine ne manquait pas de charme.

Partout, des rosiers fleurissaient, blancs, jaune orangé ou roses. Les fleurs grimpaient sur la rambarde de la véranda, emplissant l'air de leur parfum.

Nerveuse, je suivais Robinson sur les marches. Il m'a pressé la main avant de sonner.

Pendant quelques instants, il ne s'est rien passé. Puis j'ai entendu une voix et un aboiement à l'intérieur. Une femme – la mère de Robinson, ai-je supposé – est arrivée par la véranda. Quand elle a vu qui avait sonné, elle a ouvert la bouche et s'est écroulée, comme une marionnette désarticulée.

— Maman !

Robinson s'est précipité, mais son père est apparu au même instant. Quand il a vu Robinson, il est resté pétrifié.

Comme s'ils venaient de voir un fantôme.

Plutôt maladroit, ai-je pensé. Quant à moi, ils ne m'avaient pas remarquée.

C'est sûr que si je me pointais chez moi après avoir disparu comme je l'ai fait, mon père croirait à une hallucination alcoolisée et me claquerait la porte au nez.

Le père de Robinson s'est lentement accroupi pour aider sa femme, comme s'il était au ralenti. Une fois l'un et l'autre sur pied et le choc digéré, ils ont exprimé une joie que je ne me souvenais pas d'avoir vu chez mon père, sauf quand j'étais petite. La mère de Robinson l'a serré contre elle très fort en disant : « Tu es enfin revenu… Tu m'as tant manqué. »

Son père s'est essuyé les yeux avant d'étreindre Robinson.

— Oscar, mon fils. Tu es là.

Robinson était ému, très ému même. Moi je pleurais devant leurs retrouvailles, mais je pensais aussi : *Oscar ? C'est qui Oscar ?*

Les aboiements ont recommencé, un petit chien brun est arrivé en se dandinant aussi vite que ses courtes pattes le lui permettaient.

— Leafy ! s'est écrié Robinson.

Cette chienne était aussi dodue qu'une saucisse, tout son corps s'agitait sauf sa queue. Robinson s'est agenouillé et l'animal lui a fait une fête d'enfer, en le léchant et en sautillant de joie.

— Assis ! Oui, t'es une bonne fifille ! Je t'aime aussi, oui !

Un grand jeune homme, sosie de Robinson, en plus âgé et plus costaud, est apparu :

— C'est quoi ce raffut ?

En découvrant Robinson, lui aussi s'est précipité. On aurait dit qu'il allait plaquer Robinson, alors, instinctivement, j'ai levé le bras, comme si mon gabarit – un mètre soixante-cinq, cinquante kilos – pouvait l'empêcher de quoi que ce soit !

Mon geste l'a toutefois stoppé net.

— Waouh ! Mec, t'as un sacré garde du corps !

J'ai rougi comme une tomate, alors quc lcs dcux frères se saluaient joyeusement.

Ensuite, Robinson a mis son bras sur mes épaules :

— Je vous présente Axi. Ma complice des mauvais coups !

Et là, devant tout le monde, il m'a embrassée. Un baiser loin d'être chaste.

— Bien… euh, Axi, je suis ravie de te rencontrer, a dit sa mère.

Au lieu de me serrer la main, elle m'a prise dans ses bras et j'ai senti son parfum de rose. Depuis combien de temps n'avais-je pas été embrassée par ma mère ?

— Oh, je suis désolée… J'ai mouillé ton T-shirt. Je suis un peu dépassée !

Robinson m'a fait les présentations.

— Mon frère, Jonathan. Vingt ans. Il vit encore ici, parce que c'est un gros glandeur !

— Faut pas croire ses salades. Je suis juste venu emprunter des outils à papa.

— Et voir ce que ta mère préparerait pour le dîner ! a complété le père de Robinson.

— Pas faux ! a dit Jonathan.

— Axi, voici mon père, Joe, et ma mère, Louise – mais tout le monde l'appelle Lou.

— Et toi ? ai-je chuchoté. Oscar ?

— Tu comprends mieux pour Robinson ? Promis, Axi, plus de secrets.

48

Après le délicieux dîner de Lou – lasagnes, pain frotté à l'ail et salade verte – au cours duquel les larmes et les éclats de rire ont fusé, Robinson m'a emmenée à l'arrière de sa maison.

— Je n'ai jamais eu le droit de faire monter des filles dans ma chambre, mais l'eau a coulé sous les ponts depuis. Mes parents n'ont plus rien à dire.

Il a poussé une porte de guingois qui n'ouvrait pas sur une chambre, mais sur une véranda, vitrée sur trois côtés. La grande pièce, au plancher éraflé, était meublée d'une banquette d'osier et d'un grand lit. Guitares et amplis s'alignaient contre le mur, sans oublier la pile de CD.

— C'est ta chambre ?

L'opposé de mon cagibi sombre chez mon père.

— Oui, un ancien dortoir plutôt. Avant, cette villa était un sanatorium pour tuberculeux. Les malades devaient rester dans des pièces aérées. Alors, y en a beaucoup dans Asheville.

— J'adore.

« Exerce ton droit, pense par toi-même »

— J'ai dormi pendant deux semaines sur le plancher pour faire comprendre à mes parents que je la voulais. Ils ont craqué et c'est devenu ma chambre !

Je me suis assise à côté de lui sur le lit. Les draps étaient propres et frais, les oreillers moelleux. Soit la mère de Robinson s'était éclipsée pour le préparer, soit elle avait entretenu cette chambre en attendant son retour, comme s'il était juste parti en promenade.

— Tes parents sont incroyables. Pourquoi tu n'es pas resté avec eux… tout ce temps ?

— On est allés ensemble à Portland pour le protocole expérimental du Dr Suzuki. C'est la meilleure, non ? Mes parents vivaient dans un motel sordide et venaient tous les jours à l'hôpital. C'était affreux. Trop dur. C'est moi qui les ai suppliés de rentrer à la maison. Je ne voulais pas qu'ils me voient pendant le traitement.

— Ils sont repartis ?

C'est fou comme ça me choquait, pourtant, ma mère avait fait pire.

— Ils ne voulaient pas du tout, crois-moi. Mais je les ai forcés. J'ai dit que si ça tournait mal, évidemment ils reviendraient. Mais le traitement avait l'air de marcher. L'immunothérapie m'a soulagé, j'ai pu quitter l'hosto.

— Le même jour que moi !

Quel souvenir merveilleux.

— Oui. J'avais planifié mon retour, mais il y avait ton cas.

— Mon cas ?

— J'étais tombé raide dingue amoureux de toi, mais tu ne voyais rien. Heureusement, mon oncle venait d'emménager à K Falls, alors j'ai décidé de te suivre. Pour rester près de toi.

— Mon Robinson… Tout de même, ils t'ont laissé faire ? C'est fou.

— Je leur ai dit que je reviendrais à l'automne, pour reprendre ma terminale ici. Ils ont compris. Je ne voulais pas qu'on sache que j'avais été malade, mais qu'on croie juste que j'avais étudié ailleurs. Un semestre dans la ville bucolique de K Falls !

— Tu ferais mieux de vérifier la définition de « bucolique » dans le dictionnaire.

— Pas la peine : tu es là !

— OK, OK ! Mais pourquoi tu ne parlais jamais d'eux ? Je ne comprends toujours pas.

— Parce que je me sentais coupable. Je savais que je me comportais comme un égoïste en restant loin d'eux. Mais je voulais découvrir le monde, Axi. Avoir une vie plus délirante… Je voulais tomber amoureux.

— Mais tu leur écrivais ? Tu donnais des nouvelles ?

— Bien sûr. Ils savaient que ça allait.

— Et pour le voyage ? T'as dit quoi ?

— Que l'école était finie !

— Alors que tu n'y allais même plus ?

— Bah ! Ils n'avaient pas besoin de le savoir. Et puis, c'était pas le genre à scruter un calendrier pour vérifier les semaines de vacances. Je leur ai dit que j'allais à Camp Motorsport. Un camp d'été pour fans de voitures… Un truc bien, d'ailleurs.

— T'es complètement givré.

— Mais tu m'aimes.

— Oui, je t'aime.

Des décibels ont explosé depuis le garage, là où Jonathan transformait sa vieille Buick en voiture de course.

— Tu savais qu'on viendrait ici ? ai-je demandé.

— Non. J'étais persuadé qu'on rentrerait dans l'Oregon, mais…

Il n'a pas fini sa phrase. Sa maladie. Voilà pourquoi il avait voulu revenir chez lui.

Je comprenais très bien. Moi aussi, j'aurais couru dans les bras de ma mère, si j'en avais eu une comme la sienne, si j'avais senti combien elle m'attendait.

Par les baies vitrées, j'apercevais de petites lumières qui flottaient, jaune-vert, et flashaient par intermittence.

— C'est quoi ?

— Tu n'as jamais vu de lucioles ? Une petite bête qui s'allume et qui s'éteint !

— Ben non ! On n'a pas ça dans l'Oregon.

— T'as été privée des bébêtes les plus géniales de toute la terre : elles allument leur cul pour appeler les mâles !

— Quel spectacle. Elles sont belles.

— Pas autant que toi, Axi.

— Flatteur.

— Non. Je suis sérieux. Sérieux à mort même.

— Ne dis pas ça.

Il a soupiré.

— Axi, je suis crevé. Raconte-moi une histoire !

— Chante-moi une berceuse ! Tu te souviens ?

— Une histoire.

— Une berceuse.

— On tire à pile ou face, a-t-il brusquement proposé.

— Surtout pas.

— Pourquoi ?

— S'il te plaît, non.

— OK. Mais tu me racontes une histoire.

On s'est allongés sur le lit, il s'est calé contre moi et j'ai commencé comme pour un conte :

— Il était une fois un garçon et une fille…

— Joli début… Une fille qui menait le garçon par le bout du nez… en n'arrêtant pas de lui interdire ce qu'il aimait manger.

— La fille ne désirait rien d'autre que son bien, rétorquais-je.

— Mmm… Ah oui ?

— Elle voulait s'occuper de lui… et qu'il s'occupe d'elle, ai-je chuchoté, car Robinson s'endormait déjà.

Je me suis interrompue pour écouter la musique de Jonathan. Une chanson de Bob Dylan, mais je ne la connaissais pas.

— Elle savait combien ils étaient chanceux de s'être trouvés. Certains cherchent l'âme sœur pendant des années. Tandis que les plus comblés tombent l'un sur l'autre, comme des enfants à la plage, beaucoup ramassent

des cailloux polis par la mer, quelques-uns découvrent un coquillage enfoui dans le sable, fragile et magnifique. La fille a compris autre chose – et peut-être aussi le garçon. L'amour est magique et infini, mais la chance ne l'est pas.

Dans le garage, Jonathan avait encore augmenté le volume. La voix râpeuse et nasillarde de Bob Dylan se détachait distinctement. « *The future for me is already a thing of the past. You were my first love and you will be my last**. »

J'ai cherché des yeux une étoile pour faire un vœu, mais trop de nuages encombraient le ciel. Seules lumières de la nuit, les lucioles, qui s'allumaient et s'éteignaient inlassablement.

---

* « Pour moi, le futur appartient déjà au passé. Tu étais mon premier amour, tu seras le dernier. »

49

Les parents de Robinson m'ont accueillie à bras ouverts, comme si je faisais partie de la famille. Ils n'ont émis aucune remarque sur le fait que je dormais dans la chambre de leur fils. Dès le lendemain de notre arrivée, Joe, un mordu d'histoire, m'a parlé de la tuberculose et des sanatoriums d'Asheville (même F. Scott Fitzgerald, mon auteur fétiche de troisième, a été soigné ici).

Jonathan m'a tout raconté sur la voiture qu'il bricolait, des tas de trucs que je ne comprenais pas. Dès qu'il aurait des pneus neufs, il m'emmènerait faire un tour. Lou s'est empressée d'acheter du tempeh quand Robinson lui a glissé que j'étais végétarienne. Elle m'a même tressé les cheveux, un après-midi.

— J'aurais tellement aimé avoir une fille… Les garçons avec leurs foutues voitures. Je les adore mais quand ça cause carburateur par-ci, bielles par-là, je me dis toujours qu'il n'y en aura jamais un pour m'aider à tailler les rosiers.

— Je n'y connais rien en jardinage, ai-je avoué.

C'est vrai que papa et moi, nous avions une plante verte à l'appartement, mais elle avait forcément dû dépérir, à l'heure qu'il était.

— Tu aimerais, Axi. Je vois bien que tu es méticuleuse et attentive.

Disons que je l'avais été.

— Comme disait le Petit Prince : tu deviens responsable pour toujours de ce que tu as apprivoisé. Tu es responsable de ta rose… Mais on n'apprivoise pas une voiture de course, Axi ! Ce n'est pas pareil.

— C'est un livre que j'ai cité à votre fils.

— Mais Oscar… enfin, Robinson ne l'a jamais lu.

Ensuite, on s'est promenées dans le jardin, elle et moi. Le fond de l'air était tiède, estival. Elle m'a montré comment couper les roses fanées pour que le rosier fleurisse jusqu'à l'automne. Nous sommes rentrées avec des brassées de roses. Il y en avait assez pour fleurir toutes les pièces de la maison.

À la vérité, la vie avec la famille de Robinson aurait été parfaite si l'état de Robinson n'avait pas empiré de minute en minute. C'était comme si le fait d'être rentré chez lui l'autorisait à ne plus faire semblant d'aller bien. Après la visite du spécialiste qui l'avait suivi depuis l'enfance, tout espoir sur son pronostic avait été balayé.

— Mettez-le en soins palliatifs, avait-il recommandé.

Autrement dit : tout ce qu'on pouvait faire, c'était le soulager. En attendant.

La nouvelle s'est répandue rapidement, des visiteurs ont commencé à défiler, apportant des petits cadeaux, des gâteaux, des boîtes de kleenex. Une procession d'amis, de voisins, de camarades de classe et d'entraîneurs de foot, qui l'avaient connu et aimé.

Robinson les recevait allongé sur le vieux canapé du salon, pâle, enfoui sous des couvertures, alors que nous étions en manches courtes et transpirions. Il avait le moral mais se fatiguait vite. Pourtant, même s'il souffrait, il appuyait rarement sur sa pompe à morphine, parce qu'il disait qu'elle lui faisait la tête comme un ballon de baudruche.

Chacun avait une petite histoire à raconter sur Robinson. Quand il avait gagné la course de boîtes à savon, mais n'avait pas pu s'arrêter parce qu'il avait oublié d'installer des freins. Quand il avait « emprunté » le costume de mascotte de l'école pour faire une danse de sauvage durant l'entracte du spectacle de fin d'année. Une vieille dame m'a dit qu'il tondait sa pelouse, ratissait ses allées, mais avait toujours refusé qu'elle le paye. Un ado boutonneux m'a même dit que Robinson l'avait sauvé de la noyade quand il avait huit ans.

La vie de Robinson défilait sous mes yeux et dans mes oreilles, à travers les mots et les anecdotes de ceux qui l'aimaient.

Quand il se sentait en forme, Robinson leur racontait nos « aventures de l'Ouest » en les embellissant fortement.

— S'il y a un boum touristique à Klamath Falls, ce sera grâce à toi. Mais après, ce sera à cause de toi si les touristes sont déçus, ai-je dit à Robinson, un soir.

— K Falls ne manque pas de charme.

— Ah oui ? Cite-moi un seul exemple.

— Axi Moore… Pff, trop facile ! Ah oui, les sandwichs au porc grillé du Wubba BBQ !

Vous voyez ce que je veux dire, quand je dis « en forme »…

Pendant des jours, j'ai passé des assiettes de chips et réchauffé des bols de soupe ou de pâtes au micro-ondes.

Ce n'était pas nous qui avions faim, mais tous ces visiteurs. On aurait dit un apéritif qui n'en finissait pas.

Lou se mouvait chez elle comme dans un rêve ou un cauchemar. Joe était blême et affolé. Jonathan, sur ordre de Robinson, avait fixé un écriteau sur le mur *Interdit de pleurer*… sauf que personne ne parvenait à s'y tenir.

Même ce boudin de Leafy geignait et aboyait comme si elle aussi avait des histoires sur Robinson à partager.

— Dire qu'elle était championne de course, tu le crois ? a dit Joe, un jour, en regardant la chienne.

— Championne de la gloutonnerie, oui, a complété Jonathan en lui tendant un biscuit.

« Il est interdit de pleurer »

Quand je lui ai caressé les oreilles, Leafy m'a léché la main. J'ai eu un pincement au cœur en repensant au vieux chien que j'avais, petite. Ou bien, était-ce parce que j'aurais aimé avoir une famille pareille, soudée et aimante, ce que je n'avais jamais connu ? Difficile à dire.

50

— FERME LES YEUX ! M'A DEMANDÉ ROBINSON.

Il farfouillait dans son tiroir de table de nuit. Quand je les ai rouverts, il avait un couteau à la main.

— Attention, arme en vue…

Il a éclaté de rire, puis toussé.

— Axi, je ne vais pas te menacer, mais juste attaquer cette gentille poutre.

— Pourquoi ?

— Surprise ! Referme les yeux.

Je ne sais pas combien de temps a passé, j'avais dû m'endormir car Robinson me secouait.

— Regarde.

Un message était gravé sur le mur de la véranda : B & C 4 EVER.

— Bonnie et Clyde. Nous, a-t-il repris avec son sourire craquant.

— Pour toujours.

Il m'a enlacée. Avec le doigt, j'ai suivi les veines de son poignet, ces délicates lignes bleues formant une carte routière sous la peau. J'ai repensé à celle qui se trouvait dans mon sac à dos, sur laquelle nous avions marqué nos trajets et encerclé chaque étape : Los Angeles, le parc national des séquoias, Detroit. Les images valsaient dans ma tête. Les objets magiques : les boules à neige, le pendentif. Mon bric-à-brac de souvenirs.

— Tu me manques déjà, a dit Robinson.

— Je suis là. Je serai toujours là.

— Mais pas moi.

Brusquement, une douleur indescriptible m'a oppressée. Que lui répondre ? Il avait raison. J'ai embrassé son visage, ses lèvres, puis nous nous sommes endormis.

Au milieu de la nuit, nous nous sommes réveillés. Sans un mot, nous nous sommes tournés l'un vers l'autre. Ses mains ont cherché les miennes, il a pressé sa bouche dans mon cou. J'ai pris son visage entre mes mains, assoiffée de boire ses lèvres. Nous nous sommes embrassés. Un grognement est monté. Le mien. Je tremblais.

De son doigt, il a suivi la courbe de mon front, mon nez, ma bouche.

— Ne sois pas nerveuse, a-t-il chuchoté.

Comment ne pas l'être ? Je savais ce qui allait se passer. C'était devenu un besoin. Nous allions nous embrasser jusqu'à plus soif, et ensuite… ensuite…

Je me suis encore approchée, ma main est descendue le long de sa hanche jusqu'à sa cuisse. Je l'ai senti vibrer alors que mes ongles se plantaient sur sa peau. Il m'a attrapé la main.

— Je t'aime, a-t-il dit.

— Moi aussi, Robinson.

Nos baisers ont duré des heures, tour à tour tendres, passionnés et désespérés. Parfois, nous arrêtions pour nous dévisager. Pour mémoriser nos corps, mémoriser ces instants.

Ensuite, Robinson a enlevé son T-shirt. Sa peau blanche tranchait dans la nuit. Il m'a regardée, puis a déboutonné ma chemise. Il murmurait mon prénom.

— Tu veux ? a-t-il demandé.

— Oui.

Nous nous sommes débarrassés du reste de nos vêtements, j'ai posé mes mains sur son dos. Pour le guider en moi. Je voulais le tirer à l'intérieur de mon corps, ne faire qu'un, pour le protéger.

Robinson respirait avec force, nos lèvres se cherchaient, se mêlaient. Je le touchais et me dissolvais. Il murmurait tendrement, mais je ne discernais pas ses mots, parce que quelque chose fusait en moi. Je n'étais plus Axi Moore.

J'étais moi et j'étais lui, j'étais la nuit et les étoiles. Nous avons joui d'un même désir partagé.

Après, il s'est endormi dans le creux de mon épaule. Je fixais nos initiales gravées dans le mur.

B & C 4 EVER.

C'était vrai. Nous serions ensemble pour toujours.

51

J'AI ROUVERT LES YEUX AU CHANT DES oiseaux qui pépiaient bruyamment, perchés dans les grands chênes du jardin. Je me suis pelotonnée contre Robinson qui dormait encore. Leafy est entrée dans la chambre en entendant le froissement des couvertures et s'est assise au pied du lit. Elle a geint, sachant pertinemment que je ne résisterais pas à ses grands yeux bruns. Depuis quatre jours que nous étions là, je lui avais déjà donné une boîte entière de gâteaux.

— Chut, Leafy. Patiente un peu.

Elle a remué la queue, grogné plus fort, mais comme je ne me levais toujours pas pour aller lui chercher un biscuit, elle s'est mise à aboyer.

— Tais-toi. Robinson dort.

Malgré le bruit, il ne bougeait pas derrière moi. Une panique folle s'est emparée de moi. Je me suis tournée pour regarder la poitrine de Robinson : aucun mouvement. *Il ne respirait pas.* J'ai sauté du lit, livide.

Leafy aboyait de plus en plus fort, son gâteau arrivait, elle en était sûre. Je ne l'ai pas fait taire, parce que cela n'avait plus aucune importance. Plus rien n'avait d'importance. J'avais besoin d'air, je n'arrivais plus à prononcer son nom, alors que je voulais le hurler.

Robinson, reviens. Je ne suis pas prête. Pas prête du tout.

Leafy aboyait à tue-tête. Je l'ai attrapée par le collier et ai plongé la figure dans sa fourrure. *Mon Dieu, comment le dire à Lou ? Que vais-je devenir sans lui ?*

Leafy pleurait plus qu'elle n'aboyait.

C'était fini. Fini.

Alors que je dormais.

52

Une main s'est posée sur mon épaule, j'ai sursauté comme si j'avais reçu une décharge électrique. J'ai regardé à travers mes larmes.

Le visage de Robinson semblait flotter au-dessus du lit tel un fantôme. Puis sa voix, familière, basse :

— Axi ? Tu vas bien ?

Je me suis presque évanouie. Lui. Vivant.

— J'ai l'air d'aller bien ?

Je me suis précipitée sur le lit en m'agrippant à ses mains, comme s'il venait de me sauver de la noyade. Jamais de ma vie je n'avais été aussi soulagée.

— Dis-moi, j'ai l'air d'aller bien ?

— Tu as les yeux rouges. T'es allergique à Leafy ou quoi ?

— Je vais te tuer.

J'ai lâché ses mains et me suis rallongée à côté de lui pour essayer de me calmer. J'avais été si près de le perdre.

— Tu devrais pas t'en faire pour ça. Le truc est déjà à l'œuvre. Mais je suis encore là pour te faire enrager.

— N'arrête surtout pas.

— Je ferai de mon mieux.

Robinson a tapoté le lit pour faire monter Leafy, quoique, avec sa corpulence, ce n'était pas aisé ! Il a joué avec elle, puis a bâillé et s'est mis en boule, comme si la douleur se réveillait aussi.

— Tu veux quelque chose ? ai-je demandé en passant mon doigt sur sa joue.

Il n'a pas répondu. Ses yeux se sont fermés. Il se rendormait. Il dormait tellement ces derniers temps. Lorsque sa respiration est devenue régulière, je me suis extraite du lit dans l'idée d'aller trouver ses parents.

— Oui.

— Quoi donc ?

— Plus de temps.

Ses cils formaient un arc sombre sur ses joues blafardes.

Mes larmes sont montées.

— Je reviens vite.

— Axi ! Écoute-moi. Premièrement, Leafy n'a pas besoin d'un gâteau supplémentaire, alors laisse la boîte. Deuxièmement, il y a un trou dans ton T-shirt, tu devrais demander à ma mère de te le réparer. Troisièmement, comme le dit cette chanson idiote de Mason Jennings, il y a plein de façons de mourir.

— Oh là là, Rob…

— La fin n'a pas d'importance, ce qui compte, c'est qu'elle t'attrape. Vlan, t'es fini. Mais la vie, Axi ? Il y a des degrés dans la vie. Tu peux vivre intensément ou à moitié éteint. Tu peux dévaler une dune de sable en skate ou tu peux passer ton temps devant la télé. Je ne vais pas jouer les vieux sages, mais tu dois continuer de vivre comme on l'a fait pendant nos deux semaines fantastiques. Prendre des risques, Axi. C'est ça le secret. Risquer chaque instant de ta vie.

J'ai acquiescé en essayant de retenir mes larmes.

— OK. Mais peut-être que je ne volerai plus de voitures.

— Ça marche.

— Qu'est-ce que je vais devenir... ?

Sans toi. Deux mots que j'étais incapable de prononcer.

— Tu pourrais essayer de t'améliorer en science physique. Et tu devrais continuer d'écrire.

J'ai pensé à mon journal que j'avais bâclé ces derniers temps, à toutes les pages qu'il me restait à couvrir. Au moins, j'avais pris des photos.

— J'écrirai les bons moments.

— Non. Les bons et les mauvais. Tu peux tout écrire sur moi, comme ça je vivrai pour toujours.

Son regard était si sérieux.

Que répondre ? Je me suis écroulée dans un fauteuil et me suis pris la tête dans les mains.

— Tu sais, Axi, c'est ton livre que j'aurais voulu lire. Uniquement le tien. Alors écris-le. Tu le peux. Tu peux tout faire. Regarde-toi, tu n'es plus une BG, tu es devenue tellement plus qu'elle.

— Elle ne me manque pas.

— Je l'aimais. Et j'aimais la fille malade que tu étais quand je t'ai rencontrée. J'ai aimé l'élève studieuse, la conductrice maladroite, la voleuse de voitures et l'auto-stoppeuse. Celle qui me citait les livres que je n'avais pas lus et celle qui détestait les Slim Jim… Axi Moore, j'ai aimé toutes celles que tu étais.

Je suis venue poser ma tête sur sa poitrine.

— Je serai toujours à toi, ai-je chuchoté.

— Je sais.

J'ai regardé nos doigts entrelacés. Les mains ne sont-elles pas faites pour ça ? Pour s'étreindre. À jamais.

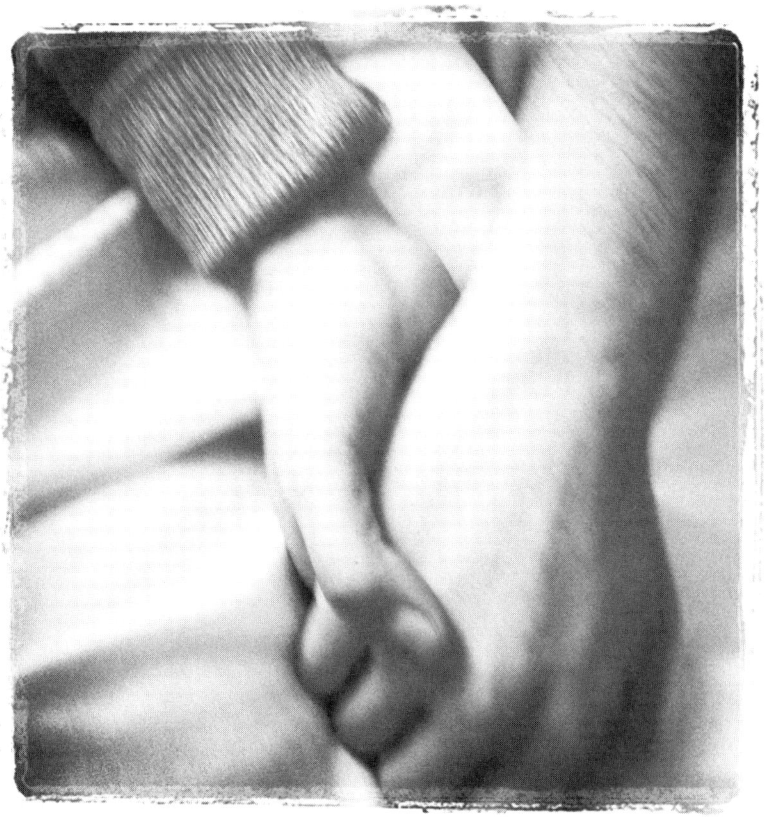

53

Les jours se sont envolés les uns après les autres. Robinson rêvait de plus en plus et parlait moins. Le temps n'avait plus de signification pour lui. L'impression d'attente me submergeait. Quelque chose se préparait, de sombres ténèbres mêlées de soulagement.

On se relayait à son chevet : Lou, le matin, Joe, l'après-midi, Jonathan, le soir, et moi, la nuit. Je lui lisais des livres piochés dans la bibliothèque de Lou : Steinbeck, Whitman, Fitzgerald, Hemingway. Sa mère lui a lu *Le Petit Prince*.

Une nuit, durant ma veille, je me suis glissée dans l'obscurité tiède. Les criquets sont devenus fous et les lucioles continuaient de lancer leur langage codé, ce morse lumineux.

À travers la vitre, Robinson semblait petit et frêle sous les couvertures, comme un jeune enfant dans son lit.

J'ai choisi une étoile et souhaité de toute mon âme le protéger contre ce qui fondait sur lui.

On le fait ensemble, répétait souvent Robinson. La première fois qu'il me l'avait dit, nous étions à l'hôpital de

Portland. Il m'apportait une assiette de soupe marronnasse dans laquelle nageaient des pois.

— On le fait ensemble. Axi, tu peux y arriver, avait-il lancé. Tu peux avaler… n'importe quoi !

C'était devenu notre blague. Et maintenant, la réalité. Il ne nous restait que peu de temps ensemble, la suite, Robinson allait la traverser seul. J'aurais donné ma vie en échange, mais à qui l'offrir ? Personne. Aucune étoile ne réaliserait un vœu pareil.

À 3 heures du matin, je somnolais, une main posée sur la sienne. Il s'est réveillé en sursaut.

— La moto ? Le réservoir est rempli ?

— Oui.

J'étais en alerte.

— C'est le joint de culasse. Y a une fuite d'huile.

— Ton frère s'en occupe. Il a dit de ne pas t'inquiéter, il le fera. Ça va remarcher.

— Et la courroie de transmission ? Elle est fichue ?

— C'est bon.

Robinson m'a regardée longuement. Il semblait revenir à lui.

— Axi ?

— Coucou.

Son regard a fait le tour de sa chambre : le poster de Bob Dylan, les guitares, tout ce qu'il avait laissé en partant à l'hôpital. Ses doigts ont remué, je les ai enserrés.

Je savais ce qui était en train d'arriver. Mais comment lui parler ?

J'ai ravalé une grosse boule dans ma gorge.

— C'est bon, Robinson.

Il a levé ma main jusqu'à ses lèvres, a embrassé ma paume, puis a refermé mes doigts sur son baiser, comme s'ils pouvaient le conserver à jamais.

— Axi, a-t-il soupiré.

— Je suis là.

J'ai pris sa tête dans mes mains, j'ai pressé mes lèvres sur sa joue. *On le fait ensemble.*

— Axi.

Je lui ai dit que je l'aimais, il m'a répondu qu'il m'aimait aussi. Pour toujours. Je l'ai entendu prononcer mon nom. Il le murmurait encore et encore, jusqu'à ce qu'il ne ressemble plus du tout à mon nom. C'était seulement un son, un rythme. Presque une chanson.

— Axi… Axi, a-t-il soufflé.

Et il s'est tu.

Dehors, le chant des criquets montaient crescendo. J'ai pris mon penny porte-bonheur, celui que j'avais lancé à l'hôpital, en espérant que Robinson tiendrait encore. J'avais conservé ma pièce depuis ce jour-là, pour que Robinson soit toujours avec moi.

Je l'ai lancée très haut et l'ai regardée retomber. Mais pile ou face, ça n'avait plus aucune importance. Plus de question, plus de souhait – une seule réponse et la vacuité qu'elle portait en elle.

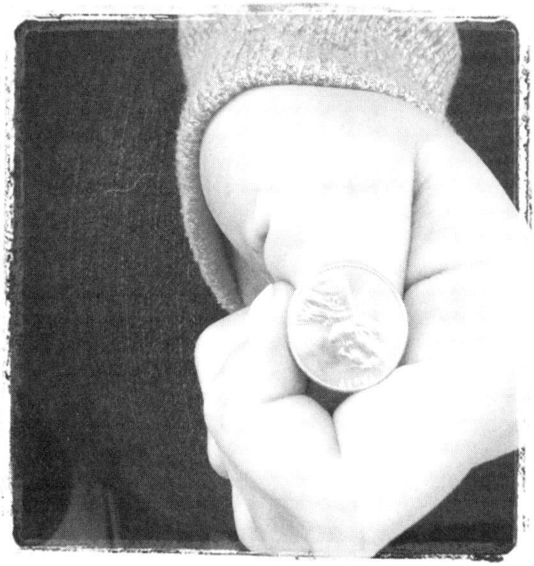

Épilogue

54

À Klamath Falls-la-bucolique, le début d'automne est ensoleillé. Les feuilles ont viré au brun. Le vent les arrache de leurs branches et les abandonne sur les pelouses, où elles s'amassent en petits tas.

Mon père est descendu au pied de notre immeuble pour chercher la montre qu'il a perdue en rentrant du pub, hier soir. Cela fait bien une heure et demie qu'il furète. (Moi, je me demande si ce n'est pas Critter qui a mis la main dessus et l'a portée chez Jack's Pawn pour la revendre.) Comme je suis assise sur notre balcon, papa lève souvent la tête, comme s'il craignait que je disparaisse dans les airs.

Je ne partirai plus. Demain après-midi, je commence les travaux d'intérêt général. Voyez-vous, la première chose que j'ai faite en rentrant à la maison, c'est de me rendre au commissariat et de me dénoncer.

Eh oui. Être BG, ça vous colle à la peau, pour toujours.

Dès le premier vol de la Harley, j'ai su que je rendrais des comptes pour notre voyage. C'était la bonne décision. Même si Robinson se retourne dans sa tombe, je pense qu'il a souri en entendant ma sentence. Voler une voiture est une infraction majeure qui, généralement, vous mène derrière les barreaux, mais les juges n'ont retenu qu'un écart de conduite contre moi. J'ai donc été condamnée à des travaux d'intérêt général, plus à une interdiction de me présenter au permis de conduire avant l'âge de vingt et un ans.

Je ne regrette rien. Ceux qui nous ont « prêté » leur voiture ou leur moto nous ont fait un cadeau fantastique, à Robinson et moi. Alors je veux bien ramasser les ordures jusqu'à la fin de mes jours, s'il le faut. J'ai même l'intention de me porter jeune volontaire pour aider la police.

— Axi ? Tu ne dois pas partir au lycée ? me demande mon père.

— Je descends dans trente secondes.

C'est vrai, j'ai oublié ma session obligatoire de physique qui démarre dans une heure. On ne peut pas réussir dans une matière, quand on sèche les trois dernières semaines de cours et qu'on ne comprend rien aux lois fondamentales de la physique, n'est-ce pas ?

Ces lois n'expliquent pas pourquoi Robinson est mort. Ni comment j'arriverai à me passer de lui. Alors je me fiche un peu de ne pas forcément comprendre que « l'entropie d'un système isolé ne peut qu'augmenter ou rester constante puisqu'il n'y a pas d'échange de chaleur avec le milieu extérieur ».

Mais une remarque jaillit dans mon esprit, comme une voix qui vous titille, tout droit descendue des cieux : tout corps en mouvement tend à rester en mouvement, tout corps immobile tend à rester immobile, aussi longtemps qu'aucune force ne vient modifier son état. C'est la définition de l'inertie, un mot que Robinson n'aurait pas manqué de commenter.

Je suis en mouvement, je resterai en mouvement. Peut-être qu'une des forces magiques de l'univers s'activera et me fera tourner comme une toupie, quel que soit mon chagrin ?

Ou pas.

Je plonge le nez dans la chemise de Robinson que je porte. Elle a gardé son odeur. Aussitôt, mes larmes montent et jaillissent. Je suis fatiguée, épuisée.

— Axi ! Regarde !

Je me penche par-dessus la rambarde. Mon père pointe du doigt un buisson de roses fanées sur lequel se dresse une rose en fleur, miraculée. Je lui souris à travers mes larmes. J'espérais qu'il avait retrouvé sa montre.

— Tu vas bien ? demande-t-il.

Je réponds par un haussement d'épaules. Comment répondre autrement ? J'ai vu le Dr Suzuki la semaine dernière, mon cancer est toujours en rémission. Taux de survie après cinq ans, presque quatre-vingt-treize pour cent.

Alors, techniquement, oui, je vais bien. *Techniquement.*

Cependant, alors que je me chauffe au soleil, je sais qu'une partie de moi-même manque à l'appel. Comme si les médecins m'avaient prélevé un organe vital. Un organe vital à mon existence. Encore maintenant, je crois parfois entendre le rire de Robinson et mon cœur bondit. Mais quand je tourne la tête, ce n'est jamais lui. C'est le vent, c'est le pépiement d'un oiseau ou une hallucination de mon imaginaire dérangé.

Pour nous deux, ce fut l'amour coup de foudre. Il nous a juste fallu un peu de temps pour nous en rendre compte. C'est compréhensible, vu que nous étions d'abord scotchés par des perfusions, shootés par des radiations, potentiellement intoxiqués par l'infâme nourriture de l'hôpital. Ensuite, quand nous avons été libérés, nous étions emberlificotés dans nos projets de fuite et de vol de voitures.

Beaucoup trop de préoccupations en tête.

Parfois, je me dis que nos sentiments étaient limpides, mais que nous ne les admettions pas encore. Comme si nous avions inconsciemment pensé : *OK, le cancer, c'est glauque, mais l'amour, c'est terrifiant.*

Ce qui est vrai. Mais l'amour, c'est aussi grisant, déconcertant, fabuleux.

Juste avant de partir avec Robinson, j'avais étudié Montaigne (« Oooh, la classe ! » dixit Robinson) pour une dissertation. « La plus grande chose du monde, c'est de savoir être à soi. » Un grand homme, sûrement, mais cette réflexion-là, je trouve que c'est de la connerie. Parce que la plus grande chose, c'est de savoir appartenir à l'autre. Comme Robinson et moi, cette façon que nous avions de nous appartenir mutuellement. Nous avons été aussi proches que possible, aussi longtemps que possible. C'était insuffisant.

Et pourtant.

Le soir, quand les étoiles apparaissent, je les observe et me souviens de Robinson à la fenêtre de l'hôpital de La Junta. Cela me retourne. J'étais si proche de lui… Je pense aussi aux mots que je n'ai pas prononcés : les étoiles ne sont pas des étoiles mais des boules de gaz. Nous ne les voyons pas davantage que les souvenirs.

— Souviens-toi du moi d'avant, m'a dit Robinson, livide et malade. Souviens-toi de moi la guitare à la main.

Et comme il ne me reste que des souvenirs – sauf les cadeaux tangibles et le penny autrefois porte-bonheur –, j'essaye de mettre en pratique ce qu'il m'a expliqué.

— Écris notre histoire. Raconte-nous, a t-il insisté.

C'est ce que j'ai fait, j'ai raconté notre histoire. Elle est entre vos mains.

J'aurais aimé le faire encore mieux. Parviendrez-vous, à travers mes mots simples, à ressentir l'immense joie que nous avons éprouvée en sautant dans la piscine de Los Angeles, en dévalant le sable doré des dunes ou lors de notre baiser passionné dans les ruines du vieux temple au musée ? Comprenez-vous tout ce que Robinson représentait pour moi ? Son rire était comme un carillon. Il croyait dur comme fer que les Slim Jim étaient la base de l'alimentation. Quand il jouait de sa guitare et chantait, à l'unité d'oncologie ou à Tompkins Square Park, tout le monde s'arrêtait pour l'écouter. Il était magique.

— Axi ! Je l'ai trouvée !

En bas, mon père brandit victorieusement sa montre et rit comme s'il venait de gagner au loto.

« C'est bien, papa. »

On dirait qu'il est l'enfant et moi, la maman.

Je le ménage. Je le lui dois, sachant la façon dont je me suis enfuie. Il s'est laissé couler après mon départ, en se noyant dans l'alcool et le chagrin. Je crois que je suis revenue à temps pour le sauver.

Si seulement j'avais pu aussi sauver Robinson.

Robinson ne voulait pas que je sois brisée après sa mort : je devais être solide et en forme, je devais écrire. Sur nous.

— Surtout, choisis beaucoup de mots que je comprendrais pas et plein de belles métaphores et de trucs recherchés, a-t-il précisé en rassemblant ses dernières forces pour me charrier.

J'ai acquiescé et assuré que je ferais exactement comme il souhaitait.

Mon amour pour Robinson rendait les choses plus belles et lumineuses. Si la vie a perdu un peu de son éclat depuis qu'il m'a quittée, elle reste quand même plus pénétrante qu'elle ne l'était.

Le soleil est éblouissant à présent. La rose vermillon répand son parfum qui monte dans les airs. La brise m'apaise.

Chaque jour, je pense à lui, à son sourire, même si cela me fait pleurer comme une fontaine. Il n'a jamais cessé de penser qu'il avait de la chance. Pas assez chanceux pour survivre, mais suffisamment chanceux pour avoir vécu.

Il était ma lumière, mon cœur, mon merveilleux voyou. Et moi, j'étais – je suis – sa BG.

OSCAR JAMES ROBINSON

21 JUIN 1996 – 6 JUILLET 2013

Si vous ne me trouvez pas à une place cherchez-moi à une autre,
*Je suis arrêté quelque part à vous attendre**.

Walt Whitman

* Traduction de Léon Bazalgette, Mercure de France, Paris, 1922.

Pour l'éditeur, le principe est d'utiliser des papiers composés de fibres naturelles, renouvelables, recyclables et fabriquées à partir de bois issus de forêts qui adoptent un système d'aménagement durable. En outre, l'éditeur attend de ses fournisseurs de papier qu'ils s'inscrivent dans une démarche de certification environnementale reconnue.

hachette s'engage pour l'environnement en réduisant l'empreinte carbone de ses livres. Celle de cet exemplaire est de :
500 g éq. CO_2
Rendez-vous sur
www.hachette-durable.fr

PAPIER À BASE DE FIBRES CERTIFIÉES

Dépôt légal 1re publication : avril 2016
Composition et mise en pages
Nord Compo à Villeneuve-d'Ascq

Imprimé en Espagne par RODESA
21.8082.3 – ISBN 978-2-01-231976-9
Edition 01 – avril 2016
Loi n° 49-956 du 16 juillet 1949
sur les publications destinées à la jeunesse